CENT ROMANS DE PREMIÈRE URGENCE POUR (PRESQUE) TOUT SOIGNER

Stéphanie Janicot est née à Rennes en 1967. En 1992, elle devient journaliste à Bayard Presse. Son premier roman, *Les Matriochkas*, publié en 1996, est acclamé par la critique et reçoit plusieurs récompenses, dont le prix Goya du premier roman et le prix René Fallet. Elle a publié douze livres, dont *Non, ma mère n'est pas un problème*, *La Constante de Hubble* et *Le Privilège des rêveurs*. En 2004, Stéphanie Janicot a participé à la création du magazine culturel féminin *Muze*. Elle y dirige les pages littéraires.

Paru dans Le Livre de Poche :

CET EFFRAYANT BESOIN DE FAMILLE

DES PROFONDEURS…

SALAM

SOLEDAD

TU N'ES PAS SEUL(E) À ÊTRE SEUL(E)

STÉPHANIE JANICOT

Cent romans de première urgence pour (presque) tout soigner

ALBIN MICHEL

ISBN : 978-2-253-13431-2 – 1re publication LGF

AVERTISSEMENT

Amis lecteurs

Si je vous appelle ainsi, chers lecteurs, c'est qu'étant moi-même amie de la lecture et considérant que les amis de mon amie sont aussi mes amis, vous êtes mes amis. C'est logique, vous en conviendrez. C'est pourquoi, par pure amitié pour vous, j'ai décidé, par le présent ouvrage, de prendre en charge votre bien-être.

Je me doute que, comme tout un chacun, vous êtes parfois la proie de questions existentielles, de problèmes matériels, de petits riens agaçants qui vous rendent la vie quotidienne un peu pénible. Lorsque ces soucis se font plus pressants, vous êtes peut-être tentés de courir chez votre psychanalyste (non, ne rougissez pas, on l'a tous fait), lequel, moyennant une somme exorbitante, va vous écouter en hochant la tête. Au mieux vous délivrera-t-il une petite dizaine de phrases qui vous auront coûté la bagatelle de 80 euros (tarif parisien moyen pour une demi-heure de thérapie). Autrement dit, chaque phrase vous aura coûté 8 euros.

Savez-vous que pour ce même prix (8 euros), vous pouvez obtenir des centaines de phrases, voire des milliers ? Il vous suffit pour cela de trouver le roman (en livre de poche de préférence) adapté à votre problème. Et, croyez-moi, il en existe toujours un car il n'est pas un problème sur cette Terre qui n'ait été expérimenté par un écrivain et relaté sous la forme d'une bonne histoire. C'est pourquoi, pour le prix d'une seule phrase d'un psychanalyste inconnu, je vous propose tout un roman – concentré de connaissances, d'émotions et de pensées intelligentes – écrit par un écrivain illustre.

Franchement, vous le reconnaîtrez, c'est une affaire, non ?

PREMIÈRE PARTIE

EN FINIR AVEC LA FAMILLE

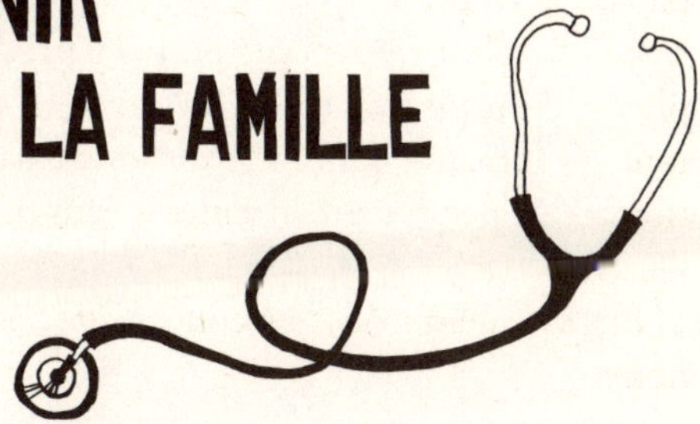

Je n'ai pas eu une enfance facile
Mes parents ne s'entendent pas
J'ai des relations problématiques avec mon frère (ma sœur)
Ma famille m'étouffe
Je déteste la femme de mon père, le mari de ma mère
Je suis une mauvaise mère
Je suis séparée de mon enfant
J'élève seule un enfant
Mon ado m'inquiète
Je ne supporte plus ma mère

JE N'AI PAS EU
UNE ENFANCE FACILE

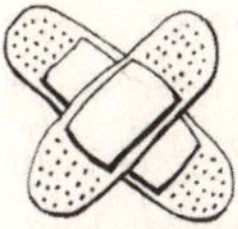

SYMPTÔME

Vous pensez avoir eu une enfance rude et tourmentée dont jamais vous ne vous remettrez. Chaque peine qui vous tombe dessus, vous la percevez à l'aune de vos débuts difficiles. Vous vous répétez souvent : « Je n'ai jamais eu de chance, il n'y a pas de raison pour que ça change. » Vos parents vous ont mal aimé(e) et, de ce fait, vous vous laissez maltraiter par votre patron, votre conjoint(e), vos enfants. Je dis stop. Non, il n'existe aucune fatalité pour être malheureux toute sa vie sous prétexte qu'on l'a été enfant. Verdict le plus courant : seize ans de psychanalyse ; tarif : voir avertissement en début d'ouvrage.

REMÈDES

Personnellement, je n'ai pas d'idée particulière sur votre enfance, je ne la connais pas. Mais je peux vous le dire, vous n'êtes pas le seul à penser avoir eu des débuts difficiles.

Quantité d'écrivains ont eu une enfance pire que la vôtre, c'est même un des moteurs de leur œuvre, voire un gage de leur réussite, c'est pourquoi les lire vous consolera en vous permettant de relativiser votre propre malheur. Je ne m'étendrai pas sur un certain nombre de romans que vous avez dû étudier en classe il y a des lustres et qui vous rappellent peut-être de mauvais souvenirs. Je ne voudrais pas ajouter à vos traumatismes d'enfant ce parfum d'ennui que vous avez pu respirer en lisant Jules Vallès (*L'Enfant*) ou Alphonse Daudet (*Le Petit Chose*), sans compter Jules Renard (*Poil de carotte*) ou Hervé Bazin (*Vipère au poing*). J'ai aussi le souvenir que les deux premiers m'ont beaucoup rasée. Voici donc d'autres propositions selon que vous préférez vous identifier à un garçon ou à une fille.

IDENTIFICATION MASCULINE

Si vous n'avez jamais lu *Enfance* de Maxime Gorki, vous allez vous régaler car littérature russe + enfance maltraitée = chef-d'œuvre. C'est une histoire triste et vraie, même si l'enfant ne s'appelle pas Maxime mais Alexis. À la mort de son père, sa mère et lui ont été recueillis par leur famille, composée de grands-parents, d'oncles, de cousins ayant tous pour point commun d'être des brutes. L'enfant, au départ protégé par sa mère, devient le souffre-douleur du clan le jour où elle s'enfuit avec un homme. Il va grandir sous les coups dans une atmosphère qui sent le moisi, la saleté et la vulgarité. Difficile de faire pire. Tout y est : le chagrin du deuil, celui de l'abandon, la peur de la violence physique, l'absence d'éducation, la pauvreté. Comment la fleur de l'intelligence a-t-elle pu s'épanouir dans un tel terreau, c'est vraiment un mystère et pourtant… Si un livre peut donner du courage, c'est bien celui-là. Si Gorki s'en est sorti avec l'enfance qu'il a eue, alors nous pouvons tous y parvenir.

IDENTIFICATION FÉMININE

Et moi ? me direz-vous, amie lectrice (ou ami lecteur s'identifiant à une fille). Je le sais, la plupart des jeunes héros que j'ai évoqués jusqu'ici sont des garçons et cela vous pose un problème d'identification. C'est juste, on trouve moins de ces récits de vie au féminin. Deux explications :

– soit les filles ne sont jamais maltraitées (bon d'accord, je passe tout de suite à la suivante) ;

– soit les filles maltraitées ne deviennent pas écrivains.

Considération qui m'amène à une première remarque concernant la littérature dite « classique », celle qui a fait ses preuves (l'épreuve du temps), celle qui vient d'une époque où l'égalité des sexes laissait à désirer : c'est qu'elle est majoritairement le fruit de cerveaux masculins. Dans la littérature contemporaine, les points de vue sont beaucoup plus équilibrés, les femmes s'emparent enfin de thèmes (le viol, la trahison des hommes, la solitude, l'impossible reconnaissance sociale…) jusqu'alors peu traités. Mais sur tous ces sujets, nous reviendrons plus tard.

Pour celui qui nous occupe en cet instant, j'ai deux belles propositions pour vous.

La première est l'œuvre d'une Américaine, toujours vivante, Kaye Gibbons, dont le livre phare, *Ellen Foster*, raconte à la première personne l'histoire d'une gamine de onze ans dont le père alcoolique et la mère épuisée viennent de mourir. Elle passe de foyer en foyer, mêle les souvenirs de son enfance infernale aux aléas des nouvelles familles auxquelles on la confie. Ça se passe dans le sud des États-Unis, ambiance à la Tennessee Williams, sur un ton neutre, naïf, strictement narratif. C'est un très grand livre, d'autant plus poignant lorsque l'on apprend que l'auteur fut elle-même orpheline à neuf ans, et que cette histoire a toutes les chances d'avoir été la sienne. Ellen Foster s'en sort, elle finit par rencontrer la femme dont elle va faire sa nouvelle mère. Dans un deuxième livre, paru plus récemment, *La vie qui m'entoure par Ellen Foster*, l'adolescente a quinze ans, elle est devenue une jeune fille surdouée qui réclame d'entrer à Harvard. Mais on ne vous en demande pas tant. Votre but n'est pas de devenir président de la République, juste d'accepter votre enfance telle qu'elle est afin d'apprécier votre vie actuelle. Et Ellen Foster est là pour vous dire que c'est possible.

La deuxième est un roman récent écrit par une Camerounaise, *Contours du jour qui vient*, de Léonora Miano. C'est sans doute une des plus belles histoires de fillette martyrisée que l'on puisse lire. Dans un pays imaginaire d'Afrique, une fillette de neuf ans, Musango, est brutalement renvoyée de chez elle par sa mère car la sorcière du village vient de la déclarer habitée par les démons. La petite erre et finit par être récupérée par une secte soi-disant religieuse qui la destine à la prostitution. Lorsqu'elle parvient à se libérer, l'adolescente décide de partir à la recherche de sa mère, peut-être pour lui pardonner… Comme quoi, en littérature, tout est possible, même guérir de l'inguérissable.

Enfance de Gorki
Folio, 384 pages, 6,60 €.

Contours du jour qui vient de Léonora Miano
Plon, 280 pages, 18 €.

Ellen Foster de Kaye Gibbons
Christian Bourgois, 182 pages, 6 €.

MES PARENTS NE S'ENTENDENT PAS

SYMPTÔME

Que vous ayez assisté dans votre enfance à des disputes incessantes entre vos parents ou que vous en soyez toujours prisonnier, qu'il se soit agi ou s'agisse d'échanges d'insultes, de violences physiques ou d'une tension psychologique, vous demeurez marqué par ces frayeurs enfantines. Au fond de vous, sommeille un enfant qui ne parvient pas à grandir.

REMÈDES

Deux possibilités. Soit vous souhaitez connaître le point de vue de quelqu'un pour qui le traumatisme a été équivalent au vôtre et vous vous orienterez vers Annie Ernaux. Soit vous préférez banaliser votre mal, auquel cas vous lirez avec bonheur Taslima Nasreen.

Annie Ernaux donc, dans *La Honte*, se souvient que lorsqu'elle avait douze ans, son père a tenté de tuer sa mère. Dans le milieu modeste qui était le leur, dans cette Normandie des années cinquante, un petit monde étriqué, empreint de catholicisme, de non-dits et de chuchotements de voisinage, elle s'est cru le devoir de taire cette indignité, de continuer à offrir d'elle-même, de sa famille, une bonne image. Pourtant, des années plus tard, ne demeure dans son souvenir que cette peur qu'elle avait, en rentrant de l'école, de trouver sa mère morte. Elle ressent au fond d'elle-même cette honte née de la vulgarité de cette scène, comme si les bagarres entre parents « ça ne se faisait pas » dans les milieux plus raffinés. Ce que dit Annie Ernaux, avec des phrases toutes simples, a été vécu par des milliers d'enfants. C'est pourquoi ces propos si personnels ont une valeur universelle.

Taslima Nasreen est une femme de conviction. Musulmane, élevée au Bangladesh, elle a eu le courage de prendre la défense de la minorité hindoue de son pays, opprimée par la majorité musulmane. Pour cela, elle a été condamnée à mort par les intégristes religieux qui ont lancé contre elle une *fatwa*. Après des années de clandestinité, elle vit aujourd'hui en exil en Europe. Elle a écrit trois romans autobiographiques dont les deux premiers, *Une enfance au féminin* et *Vent en rafales*, racontent son éducation musulmane. Son père n'est pas un fanatique : c'est un médecin, disposé à ce que ses filles suivent sa voie, mais son tempérament est excessivement autoritaire. Sa mère est une femme aimante mais inculte, totalement dominée par son mari. La violence conjugale fait partie du décor. Ce n'est pas un sujet en soi, tant elle semble ordinaire. Et pourtant, Nasreen adolescente a plusieurs fois l'occasion de ramasser sa mère en miettes, rouée de coups par son mari. Ces livres, surtout le deuxième, sont intéressants d'un point de vue sociologique. L'adolescente s'identifie au père : elle entreprend des études de médecine et n'éprouve que très peu de compassion vis-à-vis de sa mère qu'elle méprise un peu. Elle serait certainement surprise si on lui parlait de traumatisme en ce qui concerne les scènes de violence dont elle a été témoin. Cela ne transparaît jamais dans ses phrases. Peut-être a-t-elle raison. On ne comprend jamais rien aux histoires de couples. Combien de personnes qui semblent se détester, et ne cessent de se dénigrer, finissent leurs jours ensemble… C'est une manière de vivre. Aux autres (notamment les enfants) de parvenir à les oublier.

La Honte d'Annie Ernaux
Folio, 144 pages, 4 €.

Vent en rafales de Taslima Nasreen
Points-Seuil, 480 pages, 8,50 €.

J'AI DES RELATIONS PROBLÉMATIQUES AVEC MON FRÈRE [MA SŒUR]

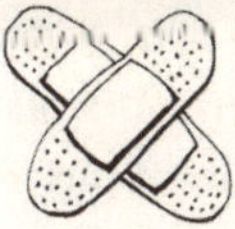

SYMPTÔMES

Vous avez l'impression que votre frère vous jalouse, vous croyez que votre sœur cherche à vous voler l'affection de vos parents, vous ne supportez pas les conquêtes amoureuses de votre cadet, votre jumeau vous manque, votre aînée réussit tout mieux que vous, etc. : il existe des dizaines de symptômes différents en matière de relations entre frères et sœurs.

REMÈDES

En toute logique, que l'on s'aime trop ou pas assez, les remèdes ne seront pas les mêmes. Voici les trois types de dysfonctionnements les plus fréquents en matière de relations fraternelles et les trois remèdes préconisés.

L'ENVIE

Si l'un de vos frères vous jalouse ou si, au contraire, vous ne vous sentez pas à la hauteur de sa cheville, vous gagnerez à lire ce chef-d'œuvre du grand écrivain américain John Steinbeck, *Au dieu inconnu*, dans lequel un homme, juste et bon, est finalement conduit vers la mort par la bêtise et l'envie de ses frères. Joseph Wayne et ses trois frères, des pionniers, vont exploiter une grande ferme en Californie. Bien que Joseph ne soit pas l'aîné, c'est lui que tout le monde reconnaît comme le chef de famille. Il est fort, tranquille et juste. En dépit d'immenses difficultés liées à l'aridité de la région, Joseph parvient à faire fructifier la terre. Il voue un culte irrationnel à un arbre planté dans son jardin, persuadé que sa prospérité lui vient de là. Joseph se marie, sa femme attend un enfant et le bonheur semble total. Mais ses frères décident de faire abattre l'arbre et, dès lors, les catastrophes pleuvent sur la propriété.

Si vous vous sentez vous-même victime de cette forme de jalousie, vous vous consolerez en pensant que votre sort est plus enviable que celui du pauvre Joseph Wayne. Vous vous tiendrez à l'écart des jaloux qui risquent de vous nuire, car, hélas, on ne change pas les gens, on ne peut que s'en protéger. Je vous suggère à l'occasion, mine de rien, de leur offrir ce livre de Steinbeck.

Si, en revanche, c'est vous l'envieux, vous vous amenderez et reviendrez à de meilleurs sentiments, en mesurant les conséquences d'un aveuglement qui peut conduire à une sacrée bêtise.

LA POSSESSION

Vous aimez votre frère ou votre sœur au point de ne pas supporter qu'il (ou elle) puisse avoir une vie en dehors de vous. Votre cas ressemble fort à celui d'Élisabeth, la sœur de Paul, dans *Les Enfants terribles* de Jean Cocteau. Lorsque leur mère meurt, Élisabeth et Paul se retirent de toute vie sociale pour demeurer dans un huis clos, hors du temps. Comme toute passion, leur relation est teintée de haine. Il suffit que Paul tombe amoureux d'une autre fille, et le drame pointe. Ce qui est marquant dans le livre de Cocteau, c'est le mélange d'immaturité et de totale indépendance des adolescents. Si on le lit très jeune, on est tout d'abord séduit par leur liberté, leur manière de vivre dans un monde à part, sans contraintes. On se prend à souhaiter cette folle insouciance, même si elle conduit à la destruction. Lorsqu'on le relit à l'âge adulte, l'effet est très différent. On comprend ce que ce type de relation, passionnelle, a de malsain. Une telle lecture permet de prendre conscience de son propre comportement (étouffant, destructeur) et de s'en dégager.

LE MANQUE

Votre frère (votre sœur) a disparu, pour une raison ou une autre (déménagement, décès, mésentente), et vous manque atrocement. Voici l'un des plus extraordinaires romans écrits ces dernières années, ou plutôt trois courts romans réunis dans un seul livre de poche sous le titre *La Trilogie des jumeaux*, de l'écrivain hongroise Agota Kristof. Le premier, *Le Grand Cahier*, est le plus célèbre. Il conte à la première personne du pluriel la survie de jumeaux envoyés à la campagne chez une tante éloignée, appelée la Sorcière, durant la Seconde Guerre mondiale. Fraîchement arrivés de la ville, après avoir été choyés par leur mère, les deux garçons décident de devenir des monstres. Pour ne pas souffrir des privations, ils s'imposent des souffrances bien pires. À la fin du livre, la guerre est terminée depuis longtemps, leur pays est coupé en deux et l'un des jumeaux parvient à passer à l'ouest, tandis que l'autre demeure à l'est. Le second livre est le récit du jumeau demeuré à la campagne. Et le troisième, sa quête pour retrouver son frère. La construction des trois récits est stupéfiante. Car tout ce qui semble vrai est peut-être faux, et vice versa. Il faut attendre les dernières pages pour comprendre la vérité sur la séparation des jumeaux. L'ensemble est le plus bel exemple d'un manque comblé par l'imaginaire. Bien sûr, si vous souffrez d'une absence, vous me répondrez qu'on n'en guérit jamais vraiment. Certes, et pourtant je suis prête à vous garantir une nette amélioration après la lecture d'Agota Kristof.

J'ai des relations problématiques avec mon frère...

Au dieu inconnu de John Steinbeck
Folio, 312 pages, 6,60 €.

Les Enfants terribles de Jean Cocteau
Le Livre de Poche, 124 pages, 4 €.

La Trilogie des jumeaux d'Agota Kristof
Points-Seuil, 464 pages, 10 €.

MA FAMILLE M'ÉTOUFFE

SYMPTÔME

Vous êtes encore adolescent ou bien jeune adulte, syndrome Tanguy, et vous supportez difficilement le poids parental. Classique. À cet âge, n'importe quelle lecture est bonne pour échapper à la réalité ou au moins la relativiser. Mais tant qu'à lire, vous pouvez aussi entrer dans une grande œuvre afin de constater que la problématique des parents ne date pas d'aujourd'hui.

REMÈDE

Lire plutôt deux fois (ou trois comme moi) qu'une *Les Faux-Monnayeurs*, d'André Gide. L'idée de base est simple : dans la France de l'entre-deux-guerres (années vingt), un jeune garçon, Bernard, se rend compte qu'il n'est pas le fils de son père. Cela tombe bien car il ne l'appréciait que modérément. Il décide de quitter le domicile familial. Il a pour soutien un compagnon de classe au tempérament hypersensible, Olivier. Dès son deuxième jour de fugue, Bernard se fait engager comme secrétaire par l'oncle d'Olivier, qui est écrivain. Auprès de lui, il rencontre une femme que le frère aîné d'Olivier a abandonnée enceinte, et plusieurs adolescents en mal de vivre, comme Boris qui se sent piégé par la vie, ou Georges, le jeune frère d'Olivier, un mauvais garçon qui écoule de la fausse monnaie. Raconté comme ça, je vous l'accorde, ça a l'air un peu embrouillé. Pourtant la construction est sans faille et parfaitement ordonnée. L'histoire elle-même est toutefois secondaire. Je la lis, puis je l'oublie. C'est pourquoi je dois périodiquement la relire. Ce qui compte et ne s'oublie jamais, c'est cette recherche de liberté, ce besoin de s'affranchir des limites fixées par les parents et la société qui habite ces personnages. Si vous êtes jeune, quinze, vingt ans peut-être, vous avez de la chance, car vous allez pouvoir vous identifier à ces jeunes qui découvraient l'amour en même temps que l'esprit et apprenaient par là même à s'émanciper de leurs parents. Vous serez émerveillé par ce que la vie peut réserver comme sensations fortes à ceux qui les recherchent. Tous ces personnages, en révolte contre leur milieu, la pensée tiède, la vie fade, sont à la poursuite d'un absolu impossible à atteindre, les plus sensibles en souffrent. La vie vaut-elle d'être vécue ? Et comment la gagner sans la perdre ? Questionnement qui n'a rien d'anachronique. Être jeune a toujours suscité le même type d'interrogations chez ceux qui ne se contentent pas d'accepter la vie qu'on leur propose.

EN CAS DE RECHUTE

Poursuivre le voyage dans l'esprit de Gide avec *Les Nourritures terrestres*. Il ne s'agit plus de roman, mais d'un récit aux incantations définitives qui restent gravées dans la mémoire tel le célèbre : « Familles, je vous hais, foyers clos, portes refermées, possessions jalouses du bonheur. »

EFFETS INDÉSIRABLES

Risque de rébellion exacerbée, fugue, exaltation intense, amitiés débordantes…

En cas d'allergie au style de Gide, d'un magnifique classicisme, d'une pureté et d'une fluidité extrêmes, mais certes un peu daté, je vous conseille un roman plus récent écrit par une jeune Nigériane de vingt-deux ans, Chimamanda Ngozi Adichie, *L'Hibiscus pourpre*. Une fille de quinze ans, d'un milieu très bourgeois et très guindé, subit une insupportable pression scolaire, sociale et religieuse de la part de son père qui veut faire d'elle un être parfait. La violence, à la fois psychologique et physique, que cet homme exerce sur sa famille est si insupportable que la jeune fille ne parvient à s'en sortir qu'en allant vivre quelque temps chez une tante et des cousins qui, eux, n'ont pas perdu leurs valeurs africaines ancestrales, leur joie de vivre, de jouer, d'aimer. Ainsi, en tout lieu, toute époque, accéder à l'âge adulte, c'est d'abord remettre en cause la parole des parents. C'est un roman d'apprentissage qui peut être consommé à tout âge. Pas d'effet secondaire signalé pour l'instant. Dans mon entourage, tout le monde l'a aimé, personne n'a tué son père.

Les Faux-Monnayeurs d'André Gide
Folio, 364 pages, 7,10 €.

L'Hibiscus pourpre de Chimamanda Ngozi Adichie
Le Livre de Poche, 350 pages, 6,50 €.

JE DÉTESTE LA FEMME DE MON PÈRE, LE MARI DE MA MÈRE

SYMPTÔME

Avoir des parents séparés n'est déjà pas très drôle, mais lorsque apparaît l'intrus(e) qui entend s'incruster dans la famille, rien ne va plus. Vous, vous détestez la personne qui compte bien épouser votre père ou votre mère. Vous vous en voulez peut-être d'avoir de tels sentiments, ou bien pas du tout, vous cherchez seulement un moyen de vous en débarrasser. En voici un, radical.

TRAITEMENT D'ATTAQUE

L'adolescente emblématique de cet instinct de possession vis-à-vis de son parent unique s'appelle Claire. Elle est l'héroïne de *Bonjour tristesse*, de Françoise Sagan. Elle a dix-sept ans et apprécie la vie de liberté qu'elle a auprès de son père, veuf et don juan. Il multiplie les jeunes maîtresses. Claire n'en est pas perturbée. Un été, elle voit débarquer dans leur maison de Provence une ancienne amie de son père, une femme de tête, jolie, distinguée. Le danger n'attend pas pour se matérialiser : au bout de quelques jours seulement, ils annoncent leur mariage. Claire se donne le reste de l'été pour les séparer. Se servant d'une ancienne maîtresse de son père, elle parvient à le détourner de la future belle-mère et le pousse à la faute. Tragédie s'ensuit. Claire aura le reste de sa vie pour culpabiliser et regretter son geste. Cette histoire nous enseigne que ce que l'on souhaite de manière épidermique n'est pas nécessairement ce qu'il nous faut. La réaction de jalousie normale à l'égard de l'étranger mérite d'être surmontée. Après tout, ce n'est pas votre vie qui est en jeu, mais celle de votre parent. Alors, pourquoi lui gâcher son existence ? Vous l'aurez sur la conscience. Et puis lorsque viendra le jour de quitter le foyer familial, vous vous sentirez responsable du vide que vous laisserez en partant.

ANTIDOTE

Si c'est votre beau-père que vous n'aimez pas, ne vous affolez pas, cela vaut mieux que de l'aimer trop ou d'être trop aimée de lui. Lisez donc *Lolita*, d'Ivan Nabokov, et vous constaterez qu'à la jeune Lolita, cela ne lui a pas trop bien réussi de devenir la maîtresse de son beau-père. Elle est à peine adolescente lorsque sa mère meurt et la laisse seule avec Humbert Humbert. C'était une autre époque. La pédophilie n'était pas encore reconnue comme le crime qu'elle est aujourd'hui. Lolita est aguicheuse. Humbert Humbert tombe amoureux. C'est une histoire de chat et de souris. Chacun fuyant l'autre puis tentant de l'attraper. *Lolita* est un vrai antidote aux démonstrations d'affection entre enfants et beaux-parents. Dans un genre plus pervers encore, je vous garde en réserve, ami lecteur, amie lectrice, un roman de Mario Vargas Llosa dont je vous parlerai plus tard (voir chapitre « Je n'aime pas les enfants de mon homme »).

Bonjour tristesse de Françoise Sagan
Pocket, 160 pages, 3,80 €.

Lolita d'Ivan Nabokov
Folio, 560 pages, 7,20 €.

JE SUIS UNE MAUVAISE MÈRE

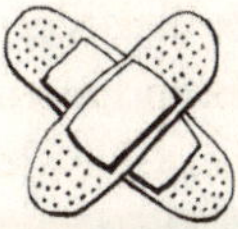

SYMPTÔME

Vous avez des enfants et vous culpabilisez. Parce que vous rentrez tard le soir, que vous avez la tête ailleurs, que vous vous énervez facilement, que vous avez l'impression qu'ils en savent moins que leurs camarades, qu'ils ont moins d'activités ou, au contraire, trop d'activités, que vous les surmenez, que vous attendez trop d'eux, ou alors pas assez, bref vous ne savez plus.

REMÈDES

Pour commencer, dites-vous que votre accablement est normal. Ce qui ne l'est pas serait de ne jamais vous poser de questions. Et pour vous en persuader, j'ai deux pistes de lectures. La première vous montrera ce qu'est une mauvaise mère, la deuxième ce que sont des enfants mal élevés.

UNE VRAIE MAUVAISE MÈRE

Celle de Nathalie Sarraute, dans *Enfance*. Certes la jeune Nathalie n'a été ni abusée ni maltraitée d'aucune sorte, d'ailleurs jamais elle ne se plaint, elle ne fait que relater un enchaînement de souvenirs. Mais vous verrez qu'au fil de cette enfance, il y a si peu de tendresse, si peu d'affection pour cette petite fille qu'il se dégage du texte une immense tristesse. Au début du XXe siècle, les parents (russes) de la petite Natacha se séparent très vite après sa naissance. Elle connaît une période lumineuse durant laquelle elle vient vivre à Paris avec sa mère et le compagnon de celle-ci tandis que le père demeure en Russie. Elle doit avoir quatre ans et témoigne pour sa mère d'une adoration dont on sent déjà qu'elle sera vouée à la frustration tant on perçoit cette femme excédée par les charges maternelles. L'auteur se souvient avec ravissement d'une journée de fièvre durant laquelle sa mère est restée à son chevet. Au soir, la petite fille l'entend se plaindre : « Quand je pense que je suis restée enfermée ici avec Natacha pendant tout ce temps sans que personne songe à me remplacer auprès d'elle. » Cela annonce déjà ce que sera la solitude de la fillette quelques années plus tard. Sa mère et elle sont rentrées en Russie, le père s'est, à son tour, installé en France. L'enfant est ballottée entre les deux pays, deux mois chez l'un, puis chez l'autre. La mère semble n'avoir jamais qu'une seule hâte, renvoyer sa fille chez son père. Jusqu'au jour où elle « oublie » de la récupérer. Nathalie, dont le séjour en France n'était censé durer que quelques semaines, réalise au fil des mois qui passent que sa mère l'a abandonnée. Elle entend la nouvelle femme de son père râler au sujet de la gamine qui lui est imposée. Et lorsque cette belle-mère met au monde une petite fille, Nathalie est entièrement livrée à elle-même. Personne ne se préoccupe de son sort. Comment grandit-on avec si peu d'amour ? La seule réponse que trouve l'adolescente est : en se passionnant pour l'étude, en particulier pour les versions latines (si, si !). Prouve qu'on peut soigner ses blessures avec des livres, et même guérir.

DES ENFANTS MAL ÉLEVÉS

Vous avez sans doute entendu parler de ce roman extraordinaire de William Golding, *Sa Majesté des mouches*, qui raconte les aventures d'un groupe de jeunes garçons échoués après un naufrage sur une île déserte. L'organisation qui se met en place n'a rien de la bonhomie des Robinson suisses. Comme dans tout groupe, émergent rapidement des dominants et des dominés, des rebelles, des bourreaux, des souffre-douleur. Du retour de ces humains à l'état sauvage et de la barbarie qui en découle, on peut déduire cette règle : des garçons laissés en liberté deviennent des monstres. Si votre fils n'est pas un monstre, c'est donc que votre éducation y est pour quelque chose. Réjouissez-vous, vous avez été une bonne mère.

Enfance de Nathalie Sarraute
Folio, 277 pages, 7,10 €.

Sa Majesté des mouches de William Golding
Folio, 256 pages, 7,10 €.

JE SUIS SÉPARÉE DE MON ENFANT

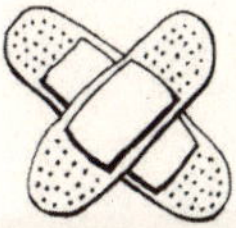

SYMPTÔME

Vous êtes dans cette douloureuse situation de n'avoir pu élever vous-même votre enfant. Vous l'avez donc laissé entre les mains de son père, ou bien vous l'avez fait naître sous X, enfin peu importe : le résultat est que vous n'avez pas vu votre enfant grandir et que cela est pour vous une source de grande souffrance.

REMÈDE

Un très beau roman, *Dalva*, de Jim Harrison. Enceinte d'un jeune Indien alors qu'elle n'a que seize ans, Dalva accepte de se séparer de son bébé. Elle ignore à qui il a été confié. Vingt ans plus tard, elle est devenue une jeune femme indépendante, forte et belle qui s'assume seule dans son ranch. À travers les générations d'hommes qui l'ont précédée, elle retrace le calvaire de ces Indiens d'Amérique sacrifiés par l'Histoire, et peu à peu reconstitue son propre puzzle. En se réconciliant avec elle-même, elle finit par retrouver son fils. Vous me direz : Ce n'est qu'une fiction. Bon, c'est vrai, mais le questionnement de Dalva est aussi le vôtre, sa douleur sécrète la vôtre. Le poids qui pèse sur vous pourrait s'alléger au fil des pages.

Dalva de Jim Harrison
10/18, 476 pages, 7,40 €.

J'ÉLÈVE SEULE UN ENFANT

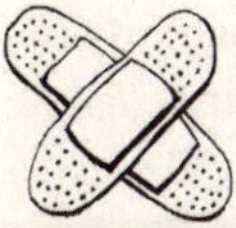

SYMPTÔME

Vous faites partie de ce qu'on appelle, pudiquement, les familles monoparentales, autrement dit vous êtes une mère célibataire. Bienvenue au club. Nous sommes statistiquement en hausse. Mais les chiffres ne vous consolent pas. Vous pliez sous le poids des responsabilités qui vous incombent. Vous craignez de ne pouvoir faire face.

REMÈDES

Si vous cherchez des conseils pratiques, passez votre chemin, et courez vite acheter l'ouvrage de Fabienne Rubert (*J'élève mon enfant seule*, donc). Mon rôle en ce bas monde n'est pas de vous soulager de vos problèmes quotidiens, mais de vous aider à les relativiser. Aussi vais-je plutôt vous montrer comment, en d'autres lieux, d'autres époques, la condition de mère célibataire était bien pire que la vôtre et pouvait s'achever de façon fort triste. Lorsque vous aurez pleuré sur ces héroïnes qui, heureusement, ne sont pas vous, vous goûterez au plaisir de vivre dans une époque où votre cas n'est pas isolé. Laissez-moi donc vous présenter vos sœurs, deux magnifiques figures de mères célibataires.

La première est Ida, la courageuse institutrice de *La Storia* d'Elsa Morante. Ida approche de la quarantaine. Institutrice, elle a déjà élevé seule un fils, Nino, âgé de quinze ans, lorsque commence l'histoire. On est à Rome, au début de la Deuxième Guerre mondiale. En rentrant chez elle, Ida est violée par un soldat aux yeux clairs. Neuf mois plus tard, elle met au monde Giuseppe. Toute sa guerre, elle va la vivre en tentant de protéger ce drôle de petit lutin. La petite histoire d'Ida et « Useppe » est sans cesse heurtée par les fracas de la grande Histoire qui avance comme un bulldozer. Pour faire vivre sa famille, elle travaille tant bien que mal, et laisse le bébé seul des journées entières dans l'appartement. Le petit bonhomme grandit comme il peut, s'éveille à la poésie de la vie dans un monde brutal qu'il perçoit avec un mélange de finesse et de grandeur d'âme. Vous pouvez sans mal imaginer les angoisses d'Ida qui tremble pour ses garçons, l'un parce qu'il est si petit, si frêle face à la violence du monde qui l'entoure, l'autre parce qu'il s'engage avec l'enthousiasme de l'adolescence dans des activités dangereuses. De cette lecture, vous déduirez que vos enfants sont plutôt bien protégés par la société. Et vous constaterez qu'à côté des épreuves qu'Ida doit traverser, votre vie est un ruban de satin bien lisse que vous pourrez désormais caresser d'une âme songeuse et soulagée.

La deuxième, dans un autre contexte, non moins dramatique, celui des États-Unis des années 1860, est celle d'une mère esclave qui a tué son bébé pour lui éviter de vivre sa vie de misère. C'est *Beloved*, de Toni Morrison. Des années plus tard, Sethe, l'ancienne esclave en fuite, vit seule avec sa deuxième fille, dans une maison qu'elle croit hantée par l'âme de la petite fille morte. Sa vie quotidienne est difficile mais elle accueille avec faste une jeune femme qui vient s'installer chez elle. Sethe a reconnu en elle Beloved, son bébé assassiné. Bien entendu, c'est un livre sur l'esclavage, le désespoir et la condition du peuple noir américain. Mais, au-delà de ces thèmes, c'est aussi la description d'un couple mère-fille, la complicité qui les lie, les antagonismes qui les déchirent, notamment lorsque survient un homme dans ce microcosme.

La Storia d'Elsa Morante
Folio, 945 pages, 11,40 €.

Beloved de Toni Morrison
Christian Bourgois, 380 pages, 21 €.

MON ADO M'INQUIÈTE

SYMPTÔMES

Vous sentez dans sa chambre des odeurs de marijuana, elle vous claque la porte au nez, il n'a pas eu la moyenne depuis le début de l'année, elle fréquente un type bizarre, etc. L'imagination des jeunes pour gâter la vie de leurs parents est illimitée, et votre capacité d'angoisse ne l'est pas moins.

REMÈDE

Lire un livre où les ados débloquent vraiment. Celui-ci, écrit par l'une des plus grandes romancières américaines de notre époque, est un modèle de perfection. Avec ces *Confessions d'un gang de filles*, de Joyce Carol Oates, vous allez entrer dans une dimension insoupçonnée. Vous serez dans la peau d'une ado ingrate nommée Maddy Monkey, vous verrez par ses yeux l'un des pires phénomènes de terreur au féminin : Legs Sadovsky, et vous découvrirez ce que peut devenir un gang de cinq filles des quartiers populaires lorsqu'elles décident de faire le mal pour le mal. Des petits larcins au crime organisé, ces gamines passent leur vie entre la rue, la castagne et les maisons de redressement. La qualité première de ce roman n'est pas de rassurer les mères inquiètes, cela va de soi, car Joyce Carol Oates n'a pas d'enfant et ne s'en soucie guère. Non, sa qualité première est d'être génialement écrit et construit. Si en plus, il vous permet de relativiser vos problèmes d'ado, c'est du bonus. Tant que votre fille (ou votre fils) ne sèche pas les cours pour aller accomplir des actes de vengeance collective en criant « FOXFIRE brûle et brûle », vous pouvez dormir tranquille.

CONTRE-INDICATIONS

Tendance à l'angoisse très supérieure à la moyenne. Si c'est votre cas, au lieu de vous rasséréner, ce livre peut vous inciter à envisager le pire. Ce serait dommage. Je vous conseillerais donc d'attendre que vos ados aient grandi, se soient sortis d'affaire pour vous lancer dans sa lecture. Attention, j'ai dit TRÈS supérieure à la moyenne. Si votre angoisse n'est que forte (comme la mienne), vous pouvez y aller. Personnellement, ce livre m'a beaucoup décontractée vis-à-vis de ma fille, lorsqu'elle avait quatorze ans.

Confessions d'un gang de filles de Joyce Carol Oates
Stock, La Cosmopolite, 374 pages, 19,50 €.

JE NE SUPPORTE PLUS MA MÈRE

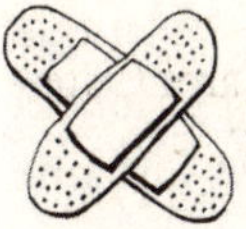

SYMPTÔME

Vous avez déjà un âge raisonnable et, pourtant, votre mère cherche encore à régenter votre vie. Elle vous appelle à tout bout de champ (surtout lorsque vous êtes en réunion ou pendant le bain du petit), elle vous pleurniche fréquemment des « Après tout ce que j'ai fait pour toi », elle critique votre mari (votre femme), menace de venir habiter chez vous, bref elle vous gâche une vie déjà suffisamment difficile.

REMÈDE 1

Les mères les plus nocives sont les plus emplies de bonnes intentions hélas, et nous répugnons à les blesser, quitte à nous sacrifier pour elles. C'est le cas de *Suzanne la pleureuse*, la pauvre héroïne de l'Israélienne Alona Kimhi. Je dis Israélienne car qui dit Israélienne, dit mère juive. Ah, nous voici donc dans du pathos lourd ! Oui. Suzanne est une jeune femme qui devrait avoir depuis longtemps quitté le domicile maternel. Mais Suzanne est malade, du moins c'est ce que pense sa mère et c'est ce que croit Suzanne. Cette maladie se manifeste par une totale phobie du changement et par des pleurs irrépressibles en cas de contrariété. Le seul talent de Suzanne, c'est le dessin. Sa psychologue souhaiterait la voir suivre une formation, mais madame mère estime que Suzanne en est incapable. Voici que débarque dans l'appartement de ce couple passionnel un cousin américain. Tout d'abord terrorisée, Suzanne finit par accepter d'être bousculée, aimée, et, pour finir, séparée de sa mère. Évidemment, c'est un livre drôle, mais pas seulement. C'est presque l'allégorie de ce par quoi toutes les femmes devront passer pour s'émanciper un jour de leur mère.

INDICATIONS

Femme étouffée par sa mère, homme débordé par sa belle-mère qui par ricochet le fera lire à son épouse.

REMÈDE 2

Vous croyez que votre mère mérite votre sacrifice, qu'elle est une mère exceptionnelle. Eh bien non ! Et je vais vous le prouver en vous montrant ce qu'est une vraie mère exceptionnelle. La palme de la meilleure mère du monde revient à Mme Kacew, mère de Roman Kacew, qui deviendra l'écrivain Romain Gary.

Cette mère-là a accouché de son fils unique en Pologne (oui, je sais, c'est encore une mère juive, mais peut-être est-ce lié au fait que ce sont surtout les juifs qui parlent de leurs mères, il y a aussi celle d'Albert Cohen, mais je vais arrêter là avec les mères juives de la littérature, je ne voudrais pas vous lasser). Elle est célibataire, couturière, francophile. À la fin des années vingt, elle émigre à Nice avec son fils adolescent. Commence pour elle une vie de privations entièrement destinée à offrir à l'amour de sa vie (son fils) le plus brillant avenir qui soit. Une scène incroyable montre l'enfant, qui chaque midi revient chez lui manger son steak sous les yeux d'une mère qui prétend n'avoir pas faim, entrant par mégarde dans la cuisine pour y découvrir sa mère sauçant avidement avec un morceau de pain ce qui reste de gras dans la poêle, et comprenant d'un coup le mensonge, la dissimulation, la pauvreté et le sacrifice. Personne ne peut avoir eu foi dans son fils autant que cette femme-là, tellement persuadée qu'il deviendrait un grand homme qu'elle lui a communiqué sa ténacité, son désir de se dépasser. La fin est romancée par l'écrivain : mobilisé en Algérie comme aviateur pendant la guerre, il reçoit régulièrement des lettres de sa mère l'encourageant, l'exaltant, lui donnant tout le courage dont elle est capable, alors qu'elle est déjà morte depuis plusieurs mois. Car, se sachant condamnée, elle a écrit des centaines de lettres, chargeant une amie de les envoyer avec régularité. Même si cette fin est inventée, elle est à la mesure de l'amour qu'elle lui portait. Après un dévouement pareil, Romain Gary reconnaît avoir passé sa vie entière à errer à la recherche d'un sentiment qui puisse être à la hauteur de cette *Promesse de l'aube*, sans jamais pouvoir étancher sa soif. Voilà donc ce qu'est une mère exceptionnelle.

INDICATION

Hommes amoureux de leur mère, épouses d'hommes amoureux de leur mère avec pour objectif de le faire lire ensuite à leur époux.

POSOLOGIE

Commencer par une lecture complète chaque mois pendant un an. Puis une fois par an pendant dix ans.

Suzanne la pleureuse d'Alona Kimhi
Folio, 427 pages, 7,70 €.

La Promesse de l'aube de Romain Gary
Folio, 370 pages, 7,10 €.

DEUXIÈME PARTIE

BOOSTER SON EGO

Je n'ai pas un physique facile
Je suis trop belle
Je doute de mon intelligence
Je n'ai pas de chance
Je ne sais plus où j'en suis
Je suis différent(e)

JE N'AI PAS
UN PHYSIQUE FACILE

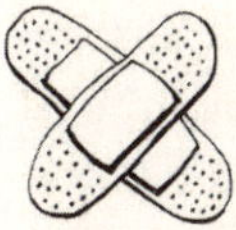

SYMPTÔME

Vous ne supportez pas votre reflet dans le miroir, vous êtes affublée d'une disgrâce sur le visage, vous avez été défigurée dans un accident, bref la vie ou bien la nature ne vous a pas fait de cadeau. Si, au contraire, vous êtes jolie, mais que vous vous trouvez moche, passez votre chemin, vous nous ennuyez (et je reste polie).

REMÈDE

Voici un roman très explicite pour célébrer le triomphe des laides (des vraies laides) : *Sarn*, de Mary Webb, qui a pour personnage principal une jeune fille affublée d'un bec-de-lièvre (dans l'Angleterre rurale du début du XIXe siècle, ça ne s'opérait pas. La pauvre Prue Sarn, c'est son nom – qui n'est pas terrible non plus –, est donc vouée à souffrir toute sa vie de sa disgrâce). Apparaît un beau jeune homme (qui plus est doté d'une belle situation, comme disent les parents) que toutes les filles de la région rêvent d'épouser.

Autant dire que Prue Sarn ne part pas favorite. Et pourtant... Le jeune homme, en plus d'être beau, aisé, est aussi bon et intelligent. Il reconnaît en Prue Sarn une fille de valeur. Il faut dire qu'elle lui sauve la vie alors que le jeune homme est sauvagement mordu par un chien. Toutefois, ça ne suffit pas pour susciter l'amour. De la reconnaissance oui, mais l'amour, c'est autre chose. Et Prue va devoir affronter bien des obstacles (on ne s'appesantira pas sur les obstacles, ce n'est pas le sujet) avant de trouver le bonheur. L'important est qu'elle le trouve, ce bonheur, et épouse son prince charmant. Si, après ça, vous n'êtes pas consolée, c'est que vraiment vous n'y mettez pas du vôtre pour vous accepter telle que vous êtes.

EN CAS DE PERSISTANCE DU SYMPTÔME

Je vous propose de méditer sur *La Conscience de Zeno*, d'Italo Svevo. Ce roman est excellent pour la santé à de nombreux points de vue, particulièrement concernant le problème qui vous affecte dans l'immédiat. Pour vous en persuader, il faut que vous lisiez le chapitre intitulé « Histoire de mon mariage » où le narrateur, Zeno, raconte comment il est tombé amoureux d'Ada, la sublime fille aînée d'un de ses amis. Sauf qu'Ada, consciente de son extrême beauté, lui préfère Guido, un bellâtre qui fait des affaires miteuses et joue du violon. Zeno se rabat sur la sœur cadette, Augusta, qu'il trouve moche (elle louche et elle boite, à moins qu'elle ne soit bossue, je ne me souviens pas exactement, mais le tableau n'est pas réjouissant). Ada la belle épouse Guido le bellâtre qui, très vite, la trompe tout en se lançant dans des opérations ruineuses. Ada, malheureuse, finit par le porter sur son visage, elle se flétrit, tombe malade et n'est plus que l'ombre d'elle-même. Tandis qu'Augusta la moche, amoureuse de Zeno, s'occupe de leurs enfants avec dévouement, en échange de quoi Zeno lui est reconnaissant, la choie, et à sa manière, l'aime. Augusta aura donc été heureuse en amour tandis qu'Ada, elle, s'est fourvoyée. Alors, vous voici persuadée ?

Et moi ? me direz-vous, ami lecteur. Vous pouvez lire *Le Théorème d'Almodovar*, d'Antoni Casas Ros, dont le héros a été défiguré dans un accident de voiture, ou tout simplement méditer cette phrase de Talleyrand : « La beauté fait gagner quinze jours » (sous-entendu pour un homme et en matière amoureuse).

Sarn de Mary Webb
Grasset, « Les Cahiers rouges », 350 pages, 9,50 €.

La Conscience de Zeno d'Italo Svevo
Le Livre de Poche, 538 pages, 7,50 €.

JE SUIS
TROP BELLE

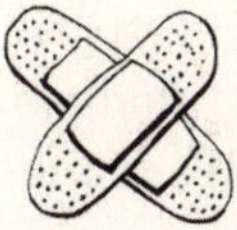

SYMPTÔME

On se retourne sur vous dans la rue, on vous flatte. Depuis l'enfance, on ne cesse de vous complimenter pour votre beauté, votre silhouette, votre élégance naturelle. Vous levez les yeux au ciel. Vous préféreriez passer inaperçue.

REMÈDE

Consolez-vous, ça passera. La beauté, contrairement au talent, ne s'accroît pas avec les années. Pour vous en persuader, vous pouvez relire le chapitre précédent consacré à Zeno et voir ce qu'il est advenu de la sublime Ada. Ou bien vous plonger dans le livre suivant où dès les premières pages la narratrice se plaint de sa trop grande beauté. Il s'agit du *Palanquin des larmes*, de Chow Ching Lie. Nous ne pouvons pas vérifier si elle dit vrai, nous la croirons donc sur parole lorsqu'elle nous explique que cette excessive beauté lui valut d'être demandée en mariage alors qu'elle fêtait tout juste ses treize ans. Issue d'une famille chinoise traditionnelle, elle est ainsi offerte à un mari de la plus haute société. Son récit autobiographique est l'histoire de ce mariage sans amour qui lui pèsera tout au long de son existence, et tout au long des coups de théâtre politiques qui bouleverseront la Chine au cours de la deuxième moitié du XXe siècle. Son époux n'est pas méchant, seulement fade et manipulé par sa propre famille. Dans cette vie étriquée, sa seule porte de sortie, c'est le don qu'elle possède pour le piano.

En lisant *Le Palanquin des larmes*, amie lectrice trop belle, vous tirerez deux enseignements : le premier est que (je l'espère pour vous) votre beauté ne vous a pas nui à ce point, le deuxième est que la plainte d'une femme soi-disant trop belle est assez exaspérante. Par moments, le lecteur n'est pas loin de trouver la narratrice bien prétentieuse.

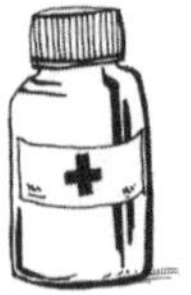

SI LE MAL PERSISTE

Vous avez l'embarras du choix pour dénicher des lectures qui font la part belle à l'héroïne avenante. Dans tous les contes de fées, la jolie princesse épouse le prince charmant. Si, au contraire, vous souhaitez trouver un roman dans lequel être jolie conduit l'héroïne à sa perte, je vous conseille *Justine ou les Malheurs de la vertu*, du marquis de Sade !

Le Palanquin des larmes de Chow Ching Lie
J'ai lu, 442 pages, 7 €.

JE DOUTE DE
MON INTELLIGENCE

SYMPTÔME

Vous êtes complexé(e) par votre esprit (absence d'esprit). Que ce soit lié à de véritables défaillances intellectuelles, un manque de culture ou juste une vision sombre de votre QI (là, contrairement au cas des fausses moches, je prends en considération la subjectivité du regard porté sur soi car il existe toujours des gens plus à l'aise, plus compétents dans certains domaines, qui parviennent à nous persuader que nous ne sommes pas à la hauteur et c'est tout aussi désagréable que d'être réellement déficient).

REMÈDE

Je ne reviendrai pas (quoique) sur le fait que se trouver insuffisamment intelligent est un signe de lucidité, et donc d'intelligence, de même que de se savoir insuffisamment cultivé implique un minimum de culture car les vrais incultes n'ont presque jamais conscience de l'être (en tout cas, cela ne les gêne pas). Donc j'avance tout de suite sur la voie du chef-d'œuvre en vous conseillant d'étudier *L'Idiot*, de Dostoïevski. Ouille, ce n'est pas une mince affaire, et il faut vraiment que ce soit vous pour que je m'y risque. Un, deux, trois. L'idiot est prince, et pas si idiot que le titre veut bien le laisser croire. Le prince Mychkine donc est un jeune homme qui se sait simple d'esprit, il a pour lui une immense envie de bien faire et une âme pure et naïve. Sa débilité découle de troubles psychologiques pour lesquels il vient d'être soigné. Sortant d'une maison de repos, il fait son retour dans le monde et fréquente une famille dont la fille, Aglaé, tombe amoureuse de lui. Il n'y a véritablement aucun obstacle à leur bonheur : les parents sont favorables à l'union, le prince Mychkine est troublé, Aglaé, jolie, intelligente, douce, est consentante. Évidemment, si les choses étaient si simples, le roman ne serait ni si long ni si réussi. Le drame vient de ce que le prince a décidé de sauver l'âme d'une autre femme, Nastassia, en lui sacrifiant son bonheur. Nastassia est ambiguë, caractérielle, dépressive. On ne sait jamais clairement si Mychkine en est ou non profondément amoureux, mais cela n'a aucune importance. Il est obsédé par elle, et par l'idée qu'il lui faut la sauver du péché. Au passage, il blesse Aglaé et les perd toutes les deux. Il est bête, vous écrierez-vous ! Je vous répondrai : selon Dostoïevski, il est idiot. Si Mychkine se plaint sans cesse de n'être pas aussi intelligent qu'il le voudrait, cela ne l'empêche pas de dire beaucoup de bêtises en public et d'embarrasser ses proches. Il n'est pas du tout complexé. C'est là que je voulais en venir : si Mychkine n'est pas complexé, pourquoi le seriez-vous ? Voyez comme il a mal conduit sa vie et reconnaissez que la vôtre vous offre de meilleures perspectives. Par ailleurs, si réellement vous lisez ce livre, c'est que vous n'êtes pas aussi bête que vous le croyiez. Ou bien alors, si votre symptôme était réel, cela veut dire que vous êtes guéri(e). Incroyable, non ?

EN DESSOUS DE 15 ANS

(ou tout simplement si la perspective de vous lancer dans Dostoïevski vous glace sur place) : vous pouvez le remplacer par un petit roman, proche de la science-fiction, intitulé *Des fleurs pour Algernon*, de l'Américain Daniel Keyes. L'histoire est racontée à la première personne par Charlie, déficient mental. Il écrit en style télégraphique, bourré de fautes d'orthographe. On propose de tenter sur lui une opération qui rend intelligent et qui, quelques semaines auparavant, a été pratiquée avec succès sur une souris nommée Algernon. Il accepte, ravi. Peu à peu, sa pensée se développe. Il découvre le bonheur du raisonnement, il est fier, heureux, devient supérieurement intelligent. Son écriture est de plus en plus raffinée. Il prend un plaisir fou à découvrir les subtilités de la pensée et du langage. Lorsqu'il apprend qu'Algernon a commencé à régresser, le choc est rude. Il comprend ce qui l'attend.

Toujours si vous avez moins de quinze ans (allez, disons vingt), vous pouvez aussi lire avec profit *Le Bizarre Incident du chien pendant la nuit*, de Mark Haddon. Toute l'histoire est narrée du point de vue d'un jeune autiste, très phobique, très observateur et, finalement, très intelligent. Un livre récent, touchant, qui deviendra peut-être un classique.

EN CAS DE RECHUTE

Vous pouvez aborder *Le Bruit et la Fureur*, de William Faulkner. L'histoire se passe dans la tête d'un handicapé mental. La narration est étonnante, elle permet de comprendre (un peu) ce qu'est la perception du monde de quelqu'un qui ne jouit pas de toutes ses facultés. À lire surtout si l'on a un proche concerné.

L'Idiot de Dostoïevski
Le Livre de Poche, 935 pages, 8 €.

Des fleurs pour Algernon de Daniel Keyes
J'ai lu SF, 251 pages, 4,80 €.

JE N'AI PAS DE CHANCE

SYMPTÔME

Caliméro, c'est un peu votre âme sœur. Vous savez, Caliméro, ce poussin noir de dessins animés des années soixante-dix, qui se dandinait en portant sa coquille sur la tête et en zézayant : « Z'est trop inzuzte. » Voilà, vous frisez la paranoïa. Vous croyez que quand un pigeon s'oublie, c'est forcément sur votre crâne, que si quelqu'un doit se ramasser sur une peau de banane, ce sera forcément vous. Mmm, votre problème est très courant. C'est même un basique.

REMÈDES

J'ai exactement ce qu'il vous faut, dans un genre très serein : un roman qui vient du Bhoutan (le pays le plus bouddhiste du monde, d'où la sagesse qui s'en dégage). C'est l'histoire d'une femme qui n'a pas de chance. Pas de chance avec sa famille puisque sa mère meurt alors qu'elle est encore jeune et qu'elle doit élever ses frères et sœurs. Pas de chance avec ce qu'elle souhaite faire puisqu'elle rêve d'apprendre à lire et à écrire mais qu'en tant que fille cela lui est refusé. Pas de chance avec les hommes, le premier la quitte pour sa plus jeune sœur, le deuxième lui ment et l'exploite toute sa vie durant. Pas de chance avec la maternité puisque, très jeune, elle accouche d'un enfant mort-né qui lui laisse un ventre gonflé dont elle ne parvient plus à se défaire. Toute une vie de scoumoune donc. Et pourtant, chaque obstacle conduit cette femme sur la voie de la sagesse et de la sérénité. Elle tente de comprendre le vrai sens des épreuves qu'elle traverse et finit par trouver une paix exemplaire. Évidemment, tout le livre est empreint d'une philosophie bouddhiste, son titre, *Le Cercle du karma*, dit en substance que chaque obstacle est placé sur notre route en résultat d'une erreur passée et que de le surmonter nous permettra de ne pas le retrouver dans une vie future. C'est un livre lumineux que l'on quitte avec l'impression d'avoir soi-même acquis une difficile sagesse. C'est mon premier choix en ce qui concerne votre problème de vision négative de votre vie.

Mon deuxième choix serait de vous montrer ce qu'est une vie vraiment pourrie. Celle de Iohann Moritz, dans *La Vingt-Cinquième Heure*, de Virgil Gheorghiu. Il a vingt-cinq ans, il est roumain et paysan. Il rêve d'émigrer aux États-Unis et a tout organisé pour pouvoir partir. Mais sa fiancée est menacée et il doit remettre son départ pour l'épouser. À partir de là, tout s'enchaîne mal pour lui. Il est arrêté comme juif sur dénonciation d'un gendarme qui veut lui ravir sa femme. Comme il est chrétien orthodoxe, il s'attend à être libéré rapidement. Eh bien, non. Il va faire deux ans de camp de travail avec des juifs qui lui apprennent le yiddish et avec lesquels il s'évade en Hongrie (entre-temps, il a appris que sa femme demandait le divorce). Là-bas, il est soupçonné d'être un espion roumain. On le torture. Vendu aux Allemands comme main-d'œuvre, il s'affaiblit dans un camp lorsqu'un officier le repère comme modèle de la race aryenne la plus pure. Il est enrôlé dans l'armée nazie. Vers la fin de la guerre, il parvient à s'évader vers la France, mais est intercepté par les Alliés et interné pour avoir appartenu aux SS. Au total, treize ans de camp d'internement. L'absurdité de la trajectoire de Iohann Moritz est kafkaïenne, de l'injustice à l'état pur, aucune raison, aucun sens à ses malheurs. On trouve souvent dans la littérature d'Europe de l'Est (Kafka, Kundera...) des victimes d'injustices gratuites, au regard desquelles on se sent finalement assez verni par l'existence. Ce qui était le but recherché : parvenir à se satisfaire de son sort.

Le Cercle du karma de Kunzang Choden
Actes Sud, « Babel », 425 pages, 9,50 €.

La Vingt-Cinquième Heure de Virgil Gheorghiu
Plon, 527 pages, 22,72 €.

JE NE SAIS PLUS OÙ J'EN SUIS

SYMPTÔME

Vous êtes une femme d'aujourd'hui, moderne (rien que le mot fait aujourd'hui très désuet), enfin disons dynamique. Vous travaillez, vous aimez vous amuser, vous avez des amis et, pourtant, bien souvent la vie vous dépasse. Qui êtes-vous vraiment ? L'amour vaut-il la peine d'être vécu ? Et vous-même, valez-vous vraiment que l'on s'intéresse à vous ? Ah ! vous êtes assaillie, pauvre lectrice, par des questions existentielles propres à votre époque. Et c'est pourquoi j'ai deux romans bien contemporains à soumettre à votre jugement.

POTION ESPAGNOLE

Elle s'appelle *Amour, Prozac et autres curiosités*, et nous vient d'Espagne sous la plume d'une petite bombe nommée Lucia Etxebarría. Trois sœurs aux antipodes les unes des autres nous narrent leur quotidien. À leur manière, aucune ne parvient à trouver l'équilibre.

Ana, l'aînée, est une parfaite femme au foyer (de nos jours on dirait *desperate housewife*), mari gentil, enfant parfait, qui tente d'oublier son ennui quotidien dans les mélanges d'amphétamines.

Rosa est un modèle de *working girl*, bon travail, bon salaire, belle voiture, mais seule, désespérément seule. Pour la maintenir à flot, il lui faut ses doses d'antidépresseur (Prozac).

Cristina, le papillon de nuit, est serveuse dans un bar à la mode. Son cocktail à elle, c'est l'héroïne, l'ecstasy et les hommes.

À leur manière, chacune nous montre qu'il n'y a pas de modèle parfait. La réussite sociale s'accompagne de solitude, le mariage d'ennui et la bringue d'autodestruction. Entre trois maux, lequel choisir ? Mais aucun, car il y a un peu de nous dans chacune de ces trois caricatures. Et si la potion espagnole peut avoir quelque effet, c'est bien parce que chacune nous fait rire par l'absurdité de son comportement et nous console de ne pas être allée aussi loin dans la déglingue. Ce roman est un vrai cocktail énergétique et sans danger (contrairement aux substances dont ces demoiselles abusent).

PILULE AMÉRICAINE

Elle a pour nom *Manuel de chasse et de pêche à l'usage des filles*, et fait fureur à New York grâce à l'humour de Melissa Bank, laquelle est elle-même une jeune New-Yorkaise peu éloignée de son héroïne, Jane. Jane, donc, arrive à Manhattan pour travailler dans l'édition. En de courts chapitres, qui ressemblent à des petites nouvelles, elle raconte sa vie, depuis l'adolescence. Ses rapports difficiles avec ses parents qui voudraient en faire une bonne petite juive, ses questions sur la vie de couple, les sentiments, le sexe... Et cette interrogation que nous avons toutes : existe-t-il une formule magique de l'amour idéal ? Si oui, Jane peut-elle la trouver ? Ah, comme tout cet humour est revigorant !

Ainsi vous le voyez, chère lectrice, que vous choisissiez la formule européenne ou la solution yankee, vous devriez vous amuser en constatant que toutes les femmes, de tous les pays (occidentaux), ont bien du mal à savoir où elles en sont. C'est une bonne nouvelle pour vous. Ainsi votre désordre intérieur ne dépare pas celui de vos sœurs. Si, en plus, vous êtes capable d'en rire, quelle classe !

Amour, Prozac et autres curiosités de Lucia Etxebarría
10/18, 281 pages, 7,90 €.

Manuel de chasse et de pêche à l'usage des filles de
Melissa Bank
Rivages Poche, 244 pages, 8,50 €.

JE SUIS DIFFÉRENT[E]

SYMPTÔME

Que vous soyez étranger, immigré, d'une couleur de peau plus foncée que la moyenne, ou que sais-je encore, on vous fait sentir votre différence. Racisme. Xénophobie. Même si, le plus souvent (je le souhaite naïvement), ce n'est pas violent, ni même méchant, cette étrangeté qui vous habite, vous ne savez comment vous en accommoder.

REMÈDES

C'est un peu le propre des écrivains, de se sentir différent. Mais là, je vais m'en tenir à la question raciale. Tout d'abord avec un roman, tout à fait hors du commun, intitulé *Demi-teinte*. Comme ce titre l'indique, l'héroïne Birdie et sa sœur Cole, tout comme l'auteur Danzy Senna, sont issues d'un mariage mixte Noir et Blanche. On pourrait croire que la question soulevée dans ce livre sera celle du racisme anti-Noir. Ce n'est qu'en partie le cas, et seulement au tout début de l'histoire, qui se passe dans les années soixante-dix aux États-Unis à l'époque où émerge le Black Power. Cole, véritable petite métisse (peau cannelle, cheveux crépus), n'étant pas tolérée par l'école publique du coin, est envoyée dans une école noire, très militante. Sa plus jeune sœur, Birdie, va la suivre dans cette école. Logique. Sauf que Birdie, qui raconte l'histoire, est en apparence complètement blanche. Ses cheveux sont raides, sa peau mate. Ce sont les interrogations de cette gamine, métisse sans en avoir l'air, qui émergent. Personne ne semble croire qu'elle est bien la petite sœur de Cole. Elle se sent rejetée par la communauté noire, y compris par son père. Elle fait l'expérience du racisme anti-Blanc. Puis les parents se séparent. Cole est confiée au père, Birdie à la mère. Suivent plusieurs années au cours desquelles Birdie tente de se construire une identité blanche, dans des écoles blanches. Mais rien n'y fait. Au fond d'elle-même, elle se sent noire. Son père et sa sœur ont disparu. À quinze ans, elle traverse toute l'Amérique pour les retrouver. Ce qui est intéressant, c'est la perception du racisme, de la différence, alors même que rien ne nous distingue des autres. Et la grande réussite du texte est de demeurer justement en « demi-teinte ». Ni blanc ni noir. Il n'y a ni bon ni méchant, seulement des êtres humains à la recherche d'eux-mêmes. Subtil. Chacun de nous peut se retrouver dans cette manière de se sentir à l'écart. Ce n'est pas qu'une question de couleur de peau.

Le deuxième roman aborde frontalement la question du racisme dans la France d'aujourd'hui. Dans *Le Ventre de l'Atlantique*, la Sénégalaise Fatou Diome romance sa propre histoire. Son mariage avec un

Français qui la « ramène » avec lui dans ses bagages, son installation à Strasbourg et son expérience du racisme ordinaire : la belle-famille, les proches, les gens dans la rue et surtout les employeurs lorsque, après son divorce, elle devient femme de ménage. L'héroïne dialogue sans cesse avec son petit frère demeuré au pays et tente de les dissuader, lui et tous les autres du village, de venir tenter leur chance en France. Mais ils ne la croient qu'à moitié. Pour eux, la France, c'est l'Eldorado. C'est l'un des meilleurs livres sur le sujet parce qu'il a beau être cru et réaliste, il n'en est pas moins débordant de vitalité, d'humour, de distance. Il est vraiment à lire par tous : ceux qui sont victimes de racisme bien sûr, et aussi tous les autres qui n'ont aucune idée de ce que vivent ceux qui sont victimes de racisme. En résumé : ne soyez pas différent tout seul, soyons différents tous ensemble !

Demi-teinte de Danzy Senna
Métailié, 298 pages, 10 €.

Le Ventre de l'Atlantique de Fatou Diome
Le Livre de Poche, 254 pages, 6 €.

TROISIÈME PARTIE

NÉGOCIER AVEC L'AMOUR

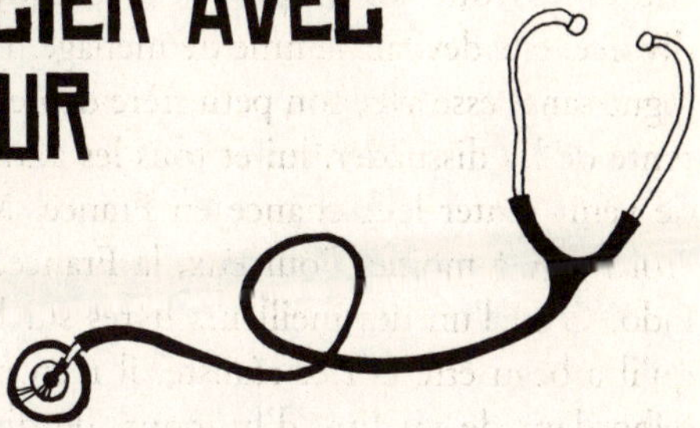

Je l'aime, il ne m'aime pas
Mon mari me trompe
J'ai tout donné
Je n'aime plus mon mari
Je suis amoureuse d'un autre
J'aime un homme plus jeune que moi
(J'aime une femme plus âgée que moi)
Je suis peut-être homosexuel(le)
J'aime un homme marié
Je n'aime pas les enfants de mon homme
Je suis jalouse, il est jaloux
Je veux me venger
Je voudrais être une femme libre

JE L'AIME, IL NE M'AIME PAS

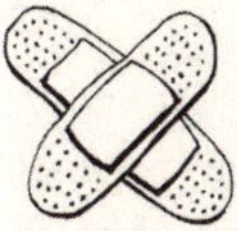

SYMPTÔME

Vous êtes amoureuse, vous ne pensez qu'à lui. Vous attendez des heures près de votre téléphone. Vous tremblez en l'apercevant. Vous l'avez épousé en rêve des dizaines de fois. Il est l'homme de votre vie. Le problème, c'est qu'il ne le sait pas ou n'y tient pas. Pas de panique. Votre maladie est assez répandue.

REMÈDES

La littérature recèle de nombreux trésors pour vous montrer que votre trouble est l'un des mieux partagés au monde. Mais attention, il faut distinguer entre plusieurs cas. Vous l'aimez, il ne vous aime pas (et c'est justement pour cela que vous l'aimez). Vous l'aimez, il se pourrait qu'il ne vous aime pas. Ou encore : vous l'aimez, vous êtes persuadée qu'il ne vous aime pas (et pourtant c'est faux). Ces différents cas de figure vont nous entraîner dans certaines digressions mais qu'importe, prenons le temps, le problème en vaut la peine. Et si je parle au féminin, ne m'en voulez pas, ami lecteur, il vous suffit de transposer. Pour une fois, laissez le féminin l'emporter sur le masculin.

VOUS AIMEZ CELUI QUI NE VOUS AIME PAS.

et d'ailleurs vous l'avez choisi (inconsciemment) pour cette raison. Je vais vous raconter une histoire qui représente parfaitement cette propension qu'a l'être humain à s'enticher d'une personne qui regarde délibérément ailleurs. Elle se résume ainsi : Rhett aime Scarlett qui aime Ashley qui aime Mélanie. Vous avez bien sûr reconnu le pitch de *Autant en emporte le vent*, de Margaret Mitchell. Le cas le plus intéressant est celui de Scarlett. Pourquoi ? Parce qu'elle s'entête à vouloir conquérir un homme qui ne lui convient pas, uniquement parce qu'il est amoureux ailleurs. Les autres sont plus cohérents. Rhett a de bonnes raisons d'aimer Scarlett, ils se ressemblent ; et Ashley d'aimer Mélanie qui est faite pour lui et l'aime en retour. Scarlett donc, tempérament de feu, aucune morale, décide de séduire Ashley, homme doux, droit, vertueux à la limite de l'ennui (Ash veut dire « cendre » en anglais, tandis que Scarlett signifie « écarlate », les prénoms n'ont pas été choisis au hasard). De l'extérieur, le lecteur comprend parfaitement que l'entêtement de Scarlett est stérile. Elle ne peut s'accorder avec Ashley. Mais Scarlett qui est, comme nous le sommes toutes lorsqu'il s'agit de nous, concentrée sur sa souffrance amoureuse, n'en a aucune idée. Ainsi, si vous êtes dans le cas de Scarlett, en train de vous fourvoyer auprès d'un individu qui n'est pas pour vous, méfiez-vous, vous risquez de passer à côté de votre vie et de rater le beau Rhett qui, lui, vous aurait convenu. Mais comment savoir, me direz-vous, si vous êtes dans le cas de Scarlett, et non dans le suivant, beaucoup plus réjouissant ? En prenant des avis autour de vous. Ou en faisant des listes : ce que vous êtes, ce qu'il est, que sais-je ? Mon propos n'est pas de vous fournir un test pour savoir si votre amour s'est dirigé vers la bonne personne, mais de vous mettre en garde. Si vraiment il ne vous aime pas, ne perdez pas votre temps. (Re) lisez *Autant en emporte le vent*, et allez voir ailleurs.

VOUS L'AIMEZ, VOUS NE SAVEZ PAS S'IL VOUS AIME :

À vous, âme tourmentée par l'impatience des premiers émois, je conseillerais, si votre attente doit durer longtemps, la lecture d'une œuvre complète et également curative : celle de Jane Austen. Vous pouvez lire avec le même bonheur les six romans majeurs de cette romancière anglaise si douée pour marier ses jeunes héroïnes (elle-même étant demeurée toute sa vie célibataire !). Trois romans en particulier rentrent exactement dans votre cas de figure. Le plus évident, c'est *Mansfield Park*. Une jeune fille pauvre, Fanny, a été recueillie par un oncle fortuné. Elle tombe amoureuse de l'un de ses cousins, Edmund. Elle se sent indigne d'être aimée et ne peut imaginer qu'une union entre eux soit possible d'autant que les parents comptent sur leur fils pour conclure un bon mariage (sous-entendu : lucratif). De très nombreuses péripéties amoureuses jalonnent le roman et, franchement, le lecteur ne donnerait pas forcément Fanny vainqueur. Et pourtant… Il est tellement plaisant de lire ces histoires mal engagées qui se terminent si bien que vous n'hésiterez pas à (re)lire *Orgueil et préjugés* dans lequel une fille intelligente mais pauvre et persuadée d'être quelconque n'ose pas espérer séduire un homme beau, riche et intelligent (Marc Darcy, l'un des plus séduisants personnages de roman). Et pourtant… Vous enchaînerez donc avec *Persuasion*, mon préféré, dans lequel c'est une femme, Anne, et non une jeune fille, qui retrouve après des années un homme qu'elle a aimé lorsqu'elle était plus jeune mais auquel elle s'est refusée. Elle est toujours célibataire. Lui cherche à se marier. Elle pense qu'il lui en veut. D'ailleurs lui-même a l'air intéressé par une autre. Leur union semble plus qu'improbable. Et pourtant… Ah vraiment, amie lectrice amoureuse, vous pouvez vous lancer dans Jane Austen les yeux fermés ! (Pas pratique, me rétorquerez-vous.)

CONTRE-INDICATION

Si vous êtes dans la situation n° 1, je crains que la lecture de Jane Austen ne vous maintienne dans une douce rêverie qui vous empêcherait de faire usage de votre lucidité. À vous de bien définir votre cas avant de vous lancer dans l'auto-médication car, comme vous le savez, ce qui peut guérir un mal peut en entretenir, voire en créer, un autre.

VOUS L'AIMEZ, VOUS CROYEZ QU'IL NE VOUS AIME PAS :

et donc, vous allez voir ailleurs, vous gâchez tout, alors qu'au fond il vous aimait. C'est bête. Pour éviter ce type d'erreur, vous pouvez vous atteler à l'étude d'un passage de *La Guerre et la Paix*, de Léon Tolstoï. Je ne me permettrais pas de vous conseiller l'ensemble car vous m'objecteriez que les descriptions des batailles napoléoniennes ne peuvent rien pour soulager votre tourment amoureux et vous n'auriez pas tort, encore que… Bon, laissez-moi vous présenter le cas de Natacha, jeune et primesautière. Elle est amoureuse du prince André, auquel on finit, par chance, par la fiancer. Il est convenu qu'ils se marieront l'année suivante, lorsque le prince rentrera de la guerre. Natacha est jeune. Elle attend que le temps passe. Le prince n'écrit jamais. Elle se persuade qu'il l'a oubliée. De dépit, ou par bêtise, ou seulement du fait de son âge, elle s'abandonne à Anatole (qui est frivole). Sa petite escapade fait un scandale. Et le prince André, qui était la fiabilité, la fidélité mêmes, rompt les fiançailles. Natacha n'a plus que ses yeux pour pleurer. Par manque de foi et de patience, elle a raté l'amour de sa vie. Son cas est donc exactement l'inverse de celui de Scarlett. Natacha a abandonné trop tôt son espoir de voir son amour comblé.

Alors, comment savoir ? Faut-il espérer ? Faut-il laisser tomber ? Si vous n'avez personne autour de vous pour vous conseiller, explorez ces trois pistes, vous trouverez certainement toute seule à laquelle de ces héroïnes vous correspondez le mieux. Et au moins, pendant que vous lirez, vous ne serez pas à genoux devant votre téléphone à le supplier de sonner !

Autant en emporte le vent de Margaret Mitchell
Folio, 3 tomes de 480 pages, 7,20 € chacun.

Persuasion (256 pages, 7 €), ***Orgueil et Préjugés*** (320 pages, 7,40 €), ***Mansfield Park*** (512 pages, 8,60 €), de Jane Austen (10/18).

La Guerre et la Paix de Léon Tolstoï
Le Livre de Poche, 2 tomes, 893 et 925 pages, 7,50 € chacun.

MON MARI ME TROMPE

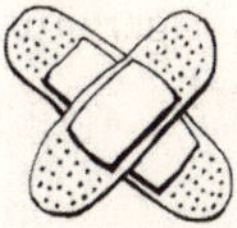

SYMPTÔME

Pas besoin d'un dessin, on a compris, votre mari vous trompe. Et si vous lisez ce chapitre, c'est que cela est pour vous source de souffrance (car il existe des femmes qui sont au contraire bien soulagées de partager la libido de leur mari : pour celles-là, rendez-vous dans deux chapitres).

REMARQUE PRÉLIMINAIRE

Il est très intéressant de noter le décalage entre la fréquence de ce problème (pratiquement toute femme mariée ou en couple a été, est, ou sera un jour une femme trompée) et la rareté des romans classiques traitant du sujet. On trouve une littérature très abondante sur les femmes qui trompent leur mari (voir chapitre « Je suis amoureuse d'un autre »), les jeunes hommes qui tombent amoureux de femmes mariées (voir chapitre « J'aime un homme beaucoup plus jeune »), mais de vrais bons romans sur le chagrin de l'épouse délaissée, silence. Pourquoi ? Ainsi que je vous l'ai déjà fait remarquer, la littérature classique est l'œuvre d'hommes (ou de romancières anglaises célibataires ou parfois homosexuelles), par conséquent les tourments de l'épouse bafouée ne sont pas leur souci premier.

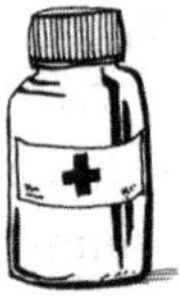

REMÈDES

Je vous propose ici un traitement à double détente. Dans un premier temps, vous allez partager les souffrances d'une femme trompée. Dans un deuxième temps, vous vous délecterez de la déchéance d'un imbécile qui a trompé sa femme et s'en mord les doigts.

CÔTÉ FEMME TROMPÉE

Qui pourrait être votre sœur en malheur mieux qu'une femme africaine ? Celle que je vous propose de rencontrer ici est Efuru, héroïne du roman éponyme de Flora Nwapa (au passage, il est intéressant de signaler que Flora Nwapa fut la toute première femme nigériane à publier un roman, dans les années cinquante). Efuru a eu une enfance choyée car son père est un homme valeureux et fortuné. Très jeune, elle choisit de se marier par amour avec Adizua, un homme pauvre qui peut difficilement s'acquitter de sa dot. Le père devrait s'y opposer, mais, par faiblesse, il s'incline.

Pour son mari, Efuru subit l'excision, et se voue à son service. Il se révèle rapidement que le jeune homme n'est pas aussi fiable et travailleur qu'il le paraissait. Un enfant naît, Efuru refuse toujours de penser qu'il y a un problème. L'enfant meurt et il n'est plus possible de fermer les yeux. Adizua déserte le foyer. Blessée, Efuru retourne chez son père, puis se remarie. Nouveaux espoirs. Efuru est bien traitée, mais les mois passent, elle ne tombe pas enceinte. Nouvelles humiliations. Le deuxième mari n'est pas meilleur que le premier. Efuru doit trouver sa voie, sa personnalité, son destin, seule, sans homme. Et y parvient. Ce que nous apprend ce roman, avec sa fausse naïveté (son style fait songer à une forme d'art primitif que l'on aurait appliquée à la littérature), c'est que l'accomplissement de la femme ne peut passer que par elle-même et que ses humiliations ne peuvent trouver de limites que dans sa capacité à renoncer à l'image traditionnelle de l'amour et de la famille. C'est évidemment un point crucial dans le questionnement de la femme contemporaine et par conséquent de la littérature au féminin. Femme libre = femme seule ? (Voir chapitre sur la solitude.)

CÔTÉ HOMME INFIDÈLE

Plus près de notre culture, même si l'histoire se passe au XIXe siècle, *La Cousine Bette*, d'Honoré de Balzac. Bette n'est pas en l'occurrence le personnage qui va nous intéresser ici, c'est plutôt son cousin, un bourgeois balzacien dans toute sa splendeur, M. Hulot. Il s'est pris de passion pour une femme à laquelle il trouve toutes les qualités, à commencer par celle de n'être pas la sienne. La jeune dame présente à son amoureux un visage intègre, rude. Non, elle n'est pas intéressée par l'argent ; oui, elle croit à l'amour ; non, elle ne pourrait supporter de briser un ménage… Autant de principes qui exacerbent les sentiments de ce bourgeois vieillissant. À tel point qu'il s'engage bien au-delà de ce qu'il aurait souhaité : il installe la demoiselle dans un appartement luxueux, se met à l'entretenir grassement, ce qui était évidemment le but recherché par la maîtresse qui avait élaboré sa stratégie pour plumer le pigeon. Chère lectrice, si votre mari vous trompe, engagez-le (avec discrétion) à lire ce roman, il comprendra peut-être (mais les hommes infidèles ont-ils toute leur lucidité ?) à quel point il se fourvoie.

DEUX EN UN

Et si vous n'avez pas le courage de lire deux livres, je vous propose, réunis dans un seul, les deux aspects évoqués ci-dessus. Ce petit prodige de la pharmacologie littéraire s'intitule *Métamorphoses d'un mariage* et présente, sous la plume de l'écrivain hongrois Sándor Márai, les trois versions d'un adultère. Premier point de vue : celui de l'épouse qui souffre de sentir son mari si loin d'elle, de percevoir la présence d'un amour plus fort que le sien, de devoir s'interroger sur l'identité de la femme qui a su mieux qu'elle occuper les pensées de cet homme et de s'apercevoir qu'il s'agit d'une petite bonne au service de la famille depuis de très nombreuses années. Deuxième point de vue : celui de l'homme qui explique à quel point l'amour sans retenue de son épouse l'a étouffé et qu'il y échappait en fantasmant l'attirance éprouvée depuis sa jeunesse pour la domestique de sa mère. Troisième point de vue : celui de la bonne qui se moque des préoccupations bourgeoises qui font de l'amour le centre d'une vie, et s'amuse de la stratégie qu'elle a mise en œuvre pour récupérer un homme et sa fortune. Trois points de vue à méditer par les hommes et par les femmes.

Efuru de Flora Nwapa
L'Harmattan, 246 pages, 19,85 €.

La Cousine Bette d'Honoré de Balzac
Le Livre de Poche, 542 pages, 6 €.

Métamorphoses d'un mariage de Sándor Márai
Le Livre de Poche, 500 pages, 7,50 €.

J'AI TOUT DONNÉ

SYMPTÔMES

Vous avez renoncé à une passion, un travail, une promotion, un plaisir, etc., pour un homme (ou vous songez à y renoncer), ou bien, à l'inverse, vous avez renoncé à un homme que vous aimiez pour des raisons sociales, ou morales (ou vous songez à y renoncer). Et, dans les deux cas, vous vous demandez si vous avez bien fait (si vous feriez bien).

REMÈDES

À vrai dire, ces remèdes sont essentiellement préventifs et seront d'autant plus efficaces que vous êtes encore loin d'avoir sacrifié votre existence. Si le sacrifice est déjà derrière vous et que vous en êtes au stade de vous en mordre les doigts, hélas, ces deux lectures ne pourront que mettre un peu de baume sur votre blessure en vous murmurant que ce qui vous arrive était écrit et qu'il était inévitable que votre aventure s'achève dans la douleur.

RENONCER À CE QUI FAIT SA VIE POUR UN HOMME

C'est ce que fait Corinne, l'héroïne romantique de Germaine de Staël dans le roman qui porte son prénom. Corinne est une artiste. Poétesse renommée en Italie, elle exerce son art à l'antique, s'accompagnant d'une lyre et déclamant ses vers devant des adeptes enamourés (je rappelle que l'on est en plein romantisme et qu'à cette époque on ne lésinait pas sur les clichés). Corinne est donc une femme libre, heureuse, talentueuse, récompensée par le succès, lorsqu'elle rencontre Oswald, un de ces fils de lord anglais oisifs qui viennent parfaire en Méditerranée leur éducation aristocratique. Passion amoureuse. Oswald se perd dans des milliers de promesses tandis que Corinne s'abandonne peu à peu à la douce illusion de l'amour. Son art n'est rien comparé à son amour. De femme de tête, elle devient femme de cœur. Sauf que l'Angleterre, ce n'est pas l'Italie. Rigueur et austérité, contre douceur et soleil. Et le coup de grâce survient lorsque la famille d'Oswald l'enjoint de se marier à une jeune fille plus conforme à sa condition. Et Corinne s'abîme lentement mais sûrement dans une douleur insurmontable.

RENONCER À UN HOMME PAR GRANDEUR MORALE

Ce que disent les romans, c'est qu'il faut savoir aller au bout de ses vrais désirs. Exemple criant de ce que j'avance : *Le Moulin sur la Floss*, de la romancière anglaise George Eliot. À la base, il s'agit d'un attachement entre un frère et une sœur de leur enfance à leur mort. Mais cette trame n'est pas celle qui vous intéressera ici. En cours de roman, l'héroïne, Maggie Tulliver, tombe amoureuse du fiancé de sa cousine, et réciproquement (c'est ce réciproquement qui est important). L'histoire se présente donc au mieux. Le fiancé pourrait aisément se défiancer et épouser la femme qu'il (qui l')aime. Mais Maggie est une fille morale, pleine de principes et de scrupules. L'idée même de piquer à sa cousine son fiancé la terrifie. Elle se persuade qu'elle ne peut donc faire une chose pareille, que ce ne serait pas moral, et elle se dérobe à l'amour du jeune homme. Et, au final, le résultat est pire. Sa cousine lui en veut mortellement, tout leur entourage la fustige, et tout cela pour quoi ? Pour rien, elle a perdu et l'homme, et son image. Alors que (ainsi qu'elle le constate elle-même en fin d'ouvrage) si elle avait suivi son inclination, tout serait rentré dans l'ordre. La cousine n'aurait pas souffert davantage, elle se serait trouvé un autre homme plus aimant. L'entourage aurait fini par accepter l'union de Maggie et de son galant. Maggie aurait vécu heureuse avec un mari fait pour elle. La moralité de ce roman, c'est que lorsque deux personnes s'aiment, elles doivent éviter de tenir compte des apparences. Les faux-semblants ne sont d'aucun secours. Si l'amour est sincère, il est en soi une morale.

En résumé, si vous vous apprêtez à sacrifier un élément essentiel de votre vie (amour, travail, art), cessez immédiatement. Ce n'est pas en reniant ce qui fait votre personnalité que vous vous accomplirez. Si vous

vous êtes sacrifié(e), eh bien, il n'y a plus rien à faire, sauf à vous consoler en songeant que ces héroïnes s'en sortent plus mal que vous.

Corinne de Germaine de Staël
Folio, 632 pages, 10,90 €.

Le Moulin sur la Floss de George Eliot
Folio, 738 pages, 10,20 €.

JE N'AIME PLUS MON MARI

SYMPTÔME

Que vous l'ayez ou non aimé lorsque vous l'avez épousé, le résultat est là : vous n'aimez plus l'homme qui dort dans votre lit. Et vos ébats ressemblent fort à ce qu'on appelait, dans le temps, le devoir conjugal. Chaque nuit qui passe vous dégoûte davantage.

TRAITEMENT D'ATTAQUE

Ne vous attendez pas à ce que je vous dise : « Divorcez », car ce conseil n'est pas de mon ressort. D'ailleurs, il existe de nombreuses raisons pour lesquelles une femme lasse de son époux ne le quitte pas (l'argent, les enfants, la position sociale, la honte, la culpabilité...). Je vais donc me permettre de soumettre à votre jugement un magnifique roman vietnamien. Une femme, Biên, a perdu son mari durant la guerre du Vietnam. Elle se remarie, a un enfant avec un homme qu'elle aime profondément. Elle est heureuse. Voici que, dix ans après sa disparition, son premier mari refait surface et exige qu'elle reprenne auprès de lui sa place d'épouse. En tant que héros de la guerre, l'ensemble du village lui donne raison et le second mari doit s'incliner. Biên quitte maison et famille pour se mettre au service de cet homme qui lui est désormais étranger. Jour après jour, elle s'étiole. Le devoir conjugal lui est un calvaire, jusqu'à ce qu'un drame (qu'on ne révélera pas) l'entraîne au bord de la mort. L'histoire finira bien. Mais la description des années qu'elle doit passer auprès de cet homme est apocalyptique. Si telle est votre situation, vous trouverez peut-être dans ce texte le courage d'y mettre fin.

PIQÛRE DE RAPPEL

Si pour mettre fin à une situation invivable, l'exemple de Biên ne vous suffit pas (trop lointain, trop excessif), je vous encourage à lire un texte scandinave qui date des années soixante mais n'a été publié en France que récemment. *Le Sacrifice d'Hilma* est l'histoire vraie des parents de l'auteur, Kerstin Thorvall. Fille de bûcheron, Hilma a travaillé dur pour devenir institutrice. Elle tombe alors amoureuse d'un professeur qui la presse de l'épouser. Bizarrement, la famille de l'homme ne semble pas déçue qu'il ait jeté son dévolu sur une petite paysanne et accueille Hilma à bras ouverts. Le soir de sa nuit de noces, Hilma comprend pourquoi sa belle-famille était si soucieuse de marier son rejeton. L'homme, déséquilibré mental et obsédé sexuel, va lui mener, entre divers séjours en hôpital psychiatrique, une vie infernale.

Comme Biên, Hilma a le sens du devoir. Elle ne divorce pas et se décompose auprès de ce monstre qu'elle exècre. Devenue romancière, leur fille incrimine une mère qui n'a pas su s'affirmer. Cela valait bien la peine qu'Hilma sacrifie son existence ! Vivez donc votre vie, car si vous ne le faites pas, personne ne vous en aura de reconnaissance, pas même vos enfants !

VERSION LIGHT

Si vous préférez une lecture moins radicale, jetez un œil au *Palanquin des larmes* (voir chapitre « Je suis trop belle ») où l'épouse mariée de force à un homme pour lequel elle n'éprouve rien trouve refuge dans le travail (en l'occurrence le piano).

C'est aussi une solution.

Terre des oublis de Duong Thu Huong
Le Livre de Poche, 699 pages, 8,50 €.

Le Sacrifice d'Hilma de Kerstin Thorvall
Le Serpent à plumes, 380 pages, 21,50 €.

JE SUIS AMOUREUSE D'UN AUTRE

SYMPTÔME

Vous êtes mariée et soit vous n'aimez plus votre mari (voir chapitre précédent), soit vous l'aimez moins, et vous venez de tomber amoureuse d'un tiers. Que faire ? Succomber ? Résister à la tentation et peut-être passer à côté de la chance de votre vie ? Vous êtes dans le doute le plus affreux, une immense culpabilité vous assaille. Comment y voir clair ?

REMÈDES

Succomber ou résister, pour résoudre ce dilemme, trois romans parmi les plus grands chefs-d'œuvre de la littérature. Dans le premier, l'héroïne refuse de s'abandonner à son inclination. La princesse de Clèves, jeune épousée invitée à un bal à la cour de Henri II, pose les yeux sur le duc de Nemours. Coup de foudre. Mutuel. Trouvant indigne d'elle de se laisser aller à devenir la maîtresse d'un homme qui n'est pas le sien, la jeune femme pousse le vice jusqu'à prévenir son mari de cette passion qui la dévore. Elle le supplie de l'aider à ne pas succomber. C'est un roman intimiste et brûlant, paru en 1678 et pourtant très actuel dans sa façon d'avancer dans la narration introspective. Comme vous l'aurez compris, c'est une histoire de renoncement, de lutte contre les pulsions animales. Tous, mari, femme et amant, se défont dans la douleur de n'être pas ou mal aimé. Quelle utilité y a-t-il à s'astreindre à une vie aussi triste ? Autant s'abandonner, pourrait-on en conclure.

Ce qui ne semble pas non plus la panacée si l'on en croit Stendhal. Dans *Le Rouge et le Noir*, une mère de famille noble, timide et simple, Mme de Rênal, tombe amoureuse du précepteur de ses trois jeunes fils, un garçon de dix-neuf ans, fils de paysan, lettré, ombrageux et fier, Julien Sorel. N'ayant jamais connu l'amour, Mme de Rênal met bien du temps avant d'identifier le sentiment qu'elle éprouve pour Julien. Quant à Julien, il est à la fois ambitieux, naïf et innocent. Mme de Rênal, contrairement à la princesse de Clèves, s'abandonne à sa passion dans les bras de Julien. Son amour ne cesse de croître. L'adultère est consommé. Lorsque leur liaison risque de devenir publique, Julien quitte la province pour rejoindre Paris. Il y fait une deuxième conquête, Mathilde de la Mole dont le père est richissime. Il devient judicieux pour Julien de l'épouser. Mais Mme de Rênal ne l'entend pas ainsi. La jalousie est la plus forte, entraînant des conséquences encore plus tragiques que dans *La Princesse de Clèves*. On le voit, ce n'est pas non plus très encourageant.

Observons un troisième cas, celui d'*Anna Karénine*, de Tolstoï. Soit dit en passant, ce roman, en matière de problèmes de relations de couple, est comme l'aspirine : il soigne tout. On y reviendra sûrement. Anna est mariée à Karénine, et mère d'un petit garçon. Lors d'un bal (décidément, le bal du temps jadis, c'est le meetic d'aujourd'hui), elle tombe amoureuse de Vronski. Elle assume son adultère, va jusqu'à quitter son mari et même abandonner son fils, pour vivre avec son amant dont elle aura une petite fille. Tout va bien, pourrait-on croire. Hélas, Anna est torturée, son fils lui manque. Elle se met à craindre irrationnellement que Vronski ne l'aime plus, qu'il l'abandonne (voir chapitre « Je suis jaloux »)… Sa vie devient une torture. Elle préfère en finir plutôt que de vivre dans ce doute permanent, ce tourment obsessionnel, cette passion dont elle craint qu'elle ne prenne fin à tout moment.

Conclusion ? Si la première ne succombe pas, la deuxième trompe son mari mais ne le quitte pas, et la dernière le quitte, au final aucune de ces trois femmes ne connaît le bonheur. Il faut en déduire soit que le bonheur n'existe pas, soit qu'il serait plus judicieux de demeurer toute sa vie amoureuse de son mari. Si vous êtes un homme et que vous sentez que votre épouse s'éloigne, empressez-vous de lui proposer ce chapitre, elle vous reconsidérera peut-être d'un œil neuf !

La Princesse de Clèves de Mme de Lafayette
Le Livre de Poche, 253 pages, 3,50 €.

Le Rouge et le Noir de Stendhal
Le Livre de Poche, 577 pages, 4,50 €.

Anna Karénine de Léon Tolstoï
Le Livre de Poche, 1 021 pages, 9 €.

J'AIME UN HOMME PLUS JEUNE QUE MOI [J'AIME UNE FEMME PLUS ÂGÉE QUE MOI]

SYMPTÔMES

Amie lectrice, vous avez trente, quarante, cinquante ou soixante ans (voire plus). Il a dix-huit, vingt ou vingt-cinq ans (ou plus, tout est proportionnel). Ami lecteur, vous pouvez aussi lire ces lignes et inverser la proposition : vous avez dix-huit ou vingt ans. Elle en a le double. Aujourd'hui, on appelle ce cas de figure le syndrome Demi Moore (du nom de l'actrice spécialiste du phénomène), mais cela existe depuis fort longtemps. La preuve.

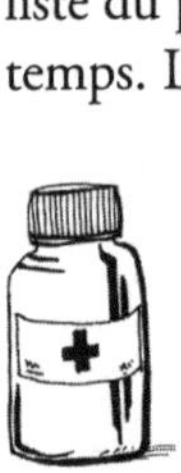

REMÈDES

Pas vraiment de remède, ce n'est pas une maladie, sauf si la femme est mariée (voir chapitre précédent, et relire *Le Rouge et le Noir* : ainsi, jeune ami lecteur, vous saurez qu'une femme plus âgée délaissée peut devenir redoutable. Stendhal, qui décidément devait avoir des comptes à régler avec les femmes d'âge mûr, a aussi laissé détruire son héros romantique Fabrice del Dongo par sa tante amoureuse la Sanseverina, dans *La Chartreuse de Parme*).

Si votre nouvel amour est bien jeune alors que vous ne l'êtes plus, vous pouvez vous rassurer en lisant avec profit *Chéri* de Colette. L'héroïne approche de la cinquantaine. Elle s'appelle Léa de Lonval et son jeune amant Fred Peloux. Transposition de la relation que Colette elle-même entretenait avec son jeune beau-fils Bertrand de Jouvenel. Ce qui est extraordinaire dans l'analyse des sentiments de Léa, c'est ce mélange de lucidité (elle perçoit la lassitude de son amant) et de sensualité (elle ne compte pas moins profiter de cette relation sachant qu'elle sera probablement la dernière vraie passion de sa vie). L'énergique Colette n'aurait pu se complaire dans la plainte et, lorsque Fred se marie, ce n'est pas Léa qui se rabougrit comme cela devrait être logiquement le cas, mais Fred, qui ne parvient pas si bien à se détacher de sa maîtresse (dans tous les sens du terme : amante et enseignante). L'auteur a du reste éprouvé le besoin de donner une suite à son roman avec *La Fin de Chéri*. J'adore le commentaire optimiste de Colette, une femme qui décidément ne doute de rien : « J'ai simplement voulu dire que lorsqu'une femme d'un certain âge a une liaison avec un très jeune homme, elle risque moins que lui d'en demeurer marquée ineffaçablement. Lui, il a beau faire, à travers toutes les liaisons qui suivront, il ne pourra manquer d'évoquer le souvenir de la vieille maîtresse. » Livre très revigorant, même si l'on n'a ni cet âge ni un amant trop jeune. Personnellement, j'avais dix-huit ans lorsque je l'ai lu et j'ai le souvenir d'avoir été enchantée d'apprendre que la vie ne s'arrêtait pas à quarante ou cinquante ans. Quant à vous, jeune lecteur, méfiez-vous : la femme mûre est redoutable.

Chéri de Colette
Le Livre de Poche, 185 pages, 4,50 €.

JE SUIS PEUT-ÊTRE HOMOSEXUEL[LE]

SYMPTÔMES

Vous êtes un homme et vous vous demandez si vous n'auriez pas une attirance pour les garçons. Vous êtes une femme et vous vous demandez si vous n'auriez pas une attirance pour les femmes. Rien de sûr. Que vous soyez jeune et encore en recherche de votre identité, ou plus âgé(e) mais n'ayant eu que des relations hétérosexuelles, cela vous trouble.

REMÈDES

Il existe quelques livres qui pourraient vous servir de tests. Je ne parle pas de la littérature ouvertement gay (Hervé Guibert, Percival Everett...) ou des romans lesbiens (Sarah Waters...) qui sont effectivement des révélateurs bien plus efficaces que ceux que je vais vous suggérer ici. Je préfère m'en tenir à des sensations troubles, moins déterminées. Voici donc trois livres qui peuvent vous révéler un penchant encore non avoué. Le premier reste assez neutre, il est très prisé des adolescents qui n'ont aucune conscience de ce que leur attirance pour ce texte peut comporter d'ambigu. Souvent cité quand on demande aux stars quel est leur livre préféré (aujourd'hui répondre *Le Petit Prince* est très éculé), *La Confusion des sentiments*, de l'Autrichien Stefan Zweig, est une mise en abyme vertigineuse. Au moment de partir à la retraite, un professeur se souvient d'une relation marquante de sa jeunesse, une fascination-attraction qu'il éprouvait pour un de ses professeurs. Par petites touches, l'auteur suggère leur attirance, la confusion entre la connivence intellectuelle, l'amitié, l'admiration et le désir. Entre l'étudiant, avide de savoir, et le maître qui a rencontré le disciple dont il rêvait, il y a tout un jeu d'exaltation, de retenue, d'absence et d'ouverture. Avec, pour médiatrice, l'épouse du professeur, un personnage très ambivalent, cristallisant les fantasmes les plus opposés, car elle est la femme qu'un homme qui aimerait les hommes pourrait aimer sans difficulté (est-ce bien clair ?). Autrement dit, dans ce court roman, cette longue nouvelle, chacun peut puiser ses propres ambiguïtés.

Si Zweig n'a fait qu'aviver votre trouble au lieu de vous éclaircir les idées, plongez-vous dans la prose de *La ville dont le prince est un enfant* de Montherlant. Évidemment, de nos jours, la pédophilie a pris une telle ampleur que plus personne n'oserait écrire sur un sujet pareil. L'histoire se passe dans un collège catholique. L'objet du désir est un jeune garçon. Les rivaux qui le convoitent : un élève plus âgé et l'abbé qui dirige l'école. De toute évidence, cette rivalité est inégale et l'abbé profite de sa position pour faire renvoyer son adversaire. Si vous parvenez à vous identifier à l'un de ces trois personnages (selon votre âge), vous pouvez continuer à vous poser des questions et peut-être commencer à aborder la littérature dite gay.

Troisième suggestion : *Orlando* de Virginia Woolf. La trajectoire d'un jeune aristocrate anglais qui traverse les siècles et devient femme, accumulant donc un double savoir et une liberté de pensée et de sensations incalculable.

En conclusion, ces trois lectures vous permettront, en douceur, et sans vraiment vous offrir de réponses tranchées, de savoir si cette problématique vous intéresse réellement ou s'il s'agissait de doutes conjoncturels. Toutefois, ce n'est pas parce que ces livres vous auront rebuté que vous pourrez conclure à une farouche hétérosexualité de votre part. C'est peut-être tout simplement que vous n'aimez ni le style de Montherlant, ni la cérébralité de Woolf, ni la simplicité de Zweig. Et les goûts en littérature, comme les préférences sexuelles, ça ne se commande pas. Vous préférerez peut-être une littérature plus explicite, comme celle de Sade et sa *Philosophie dans le boudoir*. Son héros, Dolmancé, est un libertin noble, de grande prestance, adoré des femmes mais exprimant nettement ses penchants pour les garçons. Convoqué par une de ses amies pour éduquer une jeune fille encore innocente, il lui révèle les plaisirs physiques en même temps que sa conception politique, la nécessité de vivre sans morale, ne se vouant qu'à la satisfaction de ses désirs. Il joint bien sûr l'exemple à la parole et la jeune fille se pâme de volupté. Il n'en reste pas là et convoque un beau jardinier auquel il témoigne son ardeur, et se lance dans une orgie de grande ampleur, mêlant dépucelage, jeux pornographiques et inceste, la jeune fille finissant par se rendre complice de l'odieux viol de sa propre mère qu'elle exècre. On sait que pour de tels écrits le marquis de Sade a été embastillé. Et si dans les années soixante-dix ou quatre-vingt, cela prêtait à sourire, aujourd'hui, pour avoir écrit pareils propos, on risquerait l'opprobre aussi sûrement qu'au XVIIIe siècle. Les temps sont cycliques, décidément.

La Confusion des sentiments de Stefan Zweig
Le Livre de Poche, 126 pages, 4,50 €.

La ville dont le prince est un enfant de Henry de Montherlant
Folio, 302 pages, 7,10 €.

Orlando de Virginia Woolf
Le Livre de Poche, 317 pages, 6 €.

La Philosophie dans le boudoir de Sade
GF Flammarion, 238 pages, 6,30 €.

J'AIME UN HOMME MARIÉ

SYMPTÔME

Vous l'aimez. Il est marié (sous-entendu pas avec vous). Vous attendez qu'il quitte sa femme (il vous l'a promis), mais l'attente est longue et incertaine. Vous vous rongez les sangs.

DIAGNOSTIC

Vous avez attrapé un virus aussi contagieux que la grippe en demi-saison. Seul réconfort : vous ne le transmettez à personne.

REMÈDES

Attendre que ça passe. Comme avec tout virus, la fièvre peut monter très haut, très vite, plusieurs fois, cesser et repartir. Les antibiotiques étant inefficaces contre les virus, vous ne pouvez qu'apaiser les symptômes en suçant les quelques pastilles laissées pour vous par d'autres femmes déjà passées par là. Et encore, il y a peu à se mettre sous la dent en ce domaine. Alors que le « J'aime une femme mariée » pourrait occasionner une liste plus longue que ce modeste ouvrage lui-même (voir plus haut « Je suis amoureuse d'un autre »), et je n'ai pas encore parlé de Raymond Radiguet, *Le Diable au corps*, Balzac, *Le Lys dans la vallée*, Flaubert, *L'Éducation sentimentale* ou *Madame Bovary*, à croire que toutes les femmes trompent ou rêvent de tromper leur mari et qu'en revanche les maris, pas du tout. Mais je me suis déjà exprimée sur cette question de la littérature classique écrite par des hommes.

Le plus beau roman (contemporain donc) dans ce domaine, à mon humble avis, est celui d'une jeune Israélienne (enfin plus si jeune aujourd'hui puisqu'elle doit avoir mon âge, mais celui-ci était son premier roman, publié il y a une dizaine d'années). Elle y conte l'histoire de Rivi, une étudiante en lettres qui rêve de devenir écrivain et qui va vivre un grand amour avec Igal, un professeur beaucoup plus âgé qu'elle, marié et père d'un petit garçon. Cette liaison commence lentement, par des scrupules, des refus. Rivi est tout d'abord rebutée par l'âge et le physique d'Igal. Puis elle s'abandonne et son attachement s'accroît au fil des mois, jusqu'à occuper tout l'espace. L'histoire est racontée par Rivi des années plus tard, alors qu'elle a manifestement refait sa vie avec un autre homme dont elle a eu un bébé. Il semble que la douleur de ce premier amour, voué à l'échec depuis le début, demeure coincée dans sa gorge. Elle nous la transmet avec une grande justesse, d'une écriture musicale et limpide. Cette précision dans l'analyse des sentiments, cette sensibilité sont des qualités rares. Si vous êtes dans la situation de Rivi, amie lectrice, vous prendrez part à son désarroi. Elle est comme une fumeuse qui se dirait : « Il ne faut pas », tout en allumant une nouvelle cigarette. Car elle se doute bien qu'Igal ne quittera pas son foyer, même s'il tente de lui faire miroiter le contraire. Elle est lucide sur la personnalité de l'homme qu'elle aime, elle voit ses défauts, ses limites, mais sa tendresse à elle ne connaît pas de bornes. Amie lectrice, vous vous êtes mise dans le pétrin, cela ne fait aucun doute. Au moins aurez-vous, en lisant ces lignes, la consolation de constater que vous n'êtes pas la première et ne serez pas la dernière.

Plus charnel, plus immédiat, le court roman de l'Américaine Susan Minot, *Extase*. La narration alterne entre les monologues intérieurs de deux amants lors d'une nuit de retrouvailles dans un hôtel. Où l'on constate que l'homme et la femme ne vivent pas sur la même planète. Chacun perçoit l'acte amoureux à travers le prisme de son imaginaire. Ils se sont connus un an auparavant sur le tournage d'un film dont il était le réalisateur. Il n'était pas encore marié, mais tout comme, fiancé à une femme qui partageait ses galères depuis plus de dix ans. En dépit de sa passion nouvelle, il ne parvient pas à choisir. Lâcheté, reconnaissance, ou force de l'habitude… La maîtresse tente de dominer l'homme pour lui faire lâcher prise. Peine perdue. La force de ce texte est de décrire en temps réel ce que pensent certainement la plupart des protagonistes dans la même situation. Encore une fois, cette lecture peut vous apporter un soulagement, non une guérison. Ou alors il aurait fallu lire ces livres avant de vous lancer dans l'aventure (mais il n'est peut-être pas trop tard).

La mer est là, ouverte de Judith Katzir
Éditions Joëlle Losfeld, 308 pages, 22,50 €.

Extase de Susan Minot
Folio, 161 pages, 5,60 €.

JE N'AIME PAS LES ENFANTS DE MON HOMME

SYMPTÔME

Vous êtes amoureuse d'un homme divorcé (ou même mariée avec) et père de petits nains que vous pensiez adorer car tout ce qui vient de Lui est forcément adorable. Sauf qu'au quotidien, vous vous décevez vous-même. Comme vous êtes bonne, vous souffrez de ne pas vous sentir à la hauteur de la mission qui vous est confiée. Vous vous donnez du mal pour les distraire, les (bien) nourrir, les consoler, vous faire aimer d'eux et, pourtant, il vous semble toujours ne pas en faire assez. Décidément, vous ne ressentez rien pour ces enfants et même pire, parfois, vous leur en voulez d'exister. Votre culpabilité est extrême. Vous vous croyiez meilleure que ça.

REMÈDES

Cessez donc de vous torturer pour ces jeunes pervers polymorphes que sont les enfants des autres et constatez plutôt à quel point ce sont eux qui ne vous méritent pas, chère belle-mère. Laissez-moi vous présenter le plus adorable des beaux-fils, Alfonsito, l'ange de l'hypocrisie et de la manipulation que l'on trouve dans *Éloge de la marâtre*, de Mario Vargas Llosa. Ce blondinet d'une dizaine d'années semble accueillir sans rancœur la nouvelle épouse de son père. Au fil des mois, il paraît même l'adorer. Il lui fait des tas de mamours (que la malheureuse prend pour des gestes innocents). Elle se laisse séduire par ce petit ange, qui s'enhardit jusqu'à l'embarrasser en la caressant. Ne voulant pas choquer l'enfant en le réprimandant, elle se laisse faire, finit par y trouver un certain plaisir. Jusqu'au jour où le petit monstre, toujours feignant la plus grande innocence, raconte d'un ton badin (en en rajoutant une bonne louche) à son père les jeux sensuels de sa belle-mère. Effaré, le père chasse immédiatement sa nouvelle épouse. L'enfant est heureux, son plan élaboré de longue date a enfin réussi. Voilà un livre fait pour vous rassurer.

Certes, durant la première moitié du roman, vous regretterez de n'avoir pas une relation aussi charmante avec l'enfant dont vous avez la charge. Puis vous trouverez un peu osée son entreprise et serez soulagée de n'être pas confrontée à ce type d'avances. Pour finir, vous respirerez mieux, éprouverez peut-être un peu de reconnaissance envers le monstre qui ne vous dit jamais bonjour. Comme le souligne Mario Vargas Llosa, il n'est pas bon d'aimer trop son beau-fils.

Si le nain en question est une naine, vous penserez que cette histoire ne vous concerne pas, et je vous répondrai : n'en croyez rien, et lisez *Le Rempart des béguines* de Françoise Mallet-Joris où une fille de quinze ans se lance dans une relation quasi sado-maso avec la maîtresse de son père. Aussi, contentez-vous du minimum vital, l'affection viendra d'elle-même et, si elle ne vient pas, relisez ces livres et réjouissez-vous.

Éloge de la marâtre de Mario Vargas Llosa
Folio, 210 pages, 7,10 €.

Le Rempart des béguines de Françoise Mallet-Joris
Pocket, 215 pages, 3,10 €.

JE SUIS JALOUSE, IL EST JALOUX

SYMPTÔME

Vous vivez en couple. Marié ou non, vous avez réalisé votre rêve, vous installer avec la personne que vous aimez et, pourquoi pas, fonder une famille. Au fil du temps, le quotidien se révèle plus âpre que prévu. Vous ne vous comprenez plus si bien. Vous vous échappez l'un l'autre. Jusque-là, la situation est banale. Toutefois, vous ne la considérez pas comme telle et éprouvez le besoin de trouver une explication objective à cet éloignement. Et que vous vient-il à l'esprit en cet instant d'angoisse ? Cette idée pernicieuse que l'autre puisse regarder ailleurs. C'est tout ce que vous avez trouvé pour expliquer votre malaise. Pas très malin, mais classique. Ainsi, il ne s'agit pas de la jalousie justifiée par un comportement léger suspect, mais de la jalousie fantasmée, celle qui vous gâche la vie pour rien.

REMÈDES

J'ai exactement ce qu'il vous faut avec cet énorme roman de George Eliot, *Middlemarch*, qui, comme

Anna Karénine, peut soigner à peu près tous les tracas amoureux. À vrai dire, en matière de couple, s'il fallait n'en lire que deux, ce serait ces deux-là. Avec ce pavé puissamment analytique, vous voici paré pour toutes les complications qui pourraient surgir du seul fait de vous être mis en couple. Dans *Middlemarch*, le lecteur suit la constitution de cinq couples, depuis leur rencontre, puis tout au long de leurs vies conjugales. Et tout est tellement juste, tellement finement observé, analysé, que l'on pourrait transposer ces modèles à notre époque sans rien changer des sentiments qui animent les protagonistes. Parmi ces couples, deux mènent la danse. Celui de Dorothea, une jeune fille férue des choses de l'esprit, qui s'est mis en tête d'épouser un vieux garçon plongé dans de savantes études plutôt qu'un riche gentilhomme adorable. On pourrait croire que le barbon serait heureux de son sort : désormais marié à une jolie femme, qui plus est aimante, intelligente et admirative, totalement à sa dévotion. Eh bien, tel n'est pas le cas. Très vite, ce mari rébarbatif éprouve une jalousie inconsidérée envers son neveu, que son épouse (par simple loyauté familiale) reçoit chez elle. Quant à Dorothea, elle a beau être amoureuse, elle supporte difficilement l'isolement dans lequel son mari la retranche. Soucieuse de participer à l'œuvre de son homme, elle lui offre toute l'énergie de son intelligence, lui propose de l'aider à trier, classer, copier… mais lui (peut-être trop conscient de ses propres limites) refuse de sa part une aide véritable. L'incompréhension naît entre eux, chaque jour plus douloureuse pour l'un comme pour l'autre. Lorsque le mari fait ajouter à son testament un codicille insistant sur le fait que sa femme perdrait tous les bénéfices de son héritage au cas où elle épouserait son neveu, il laisse exploser sa jalousie. Y avait-il meilleur moyen de les faire aller l'un vers l'autre ?

Ceci est une vérité. Souvent la jalousie (au départ infondée) induit chez l'être contre lequel elle est dirigée un comportement d'infidélité ou de trahison (qui ne lui serait jamais venu à l'esprit sans cette même jalousie). Car il est dans la nature humaine de nous conformer à ce que l'on attend de nous. Et un conjoint qui s'attend à être trompé, et exprime son angoisse, a plus de risques de l'être qu'un autre qui n'y pense même pas. Comme je risque de ne plus revenir sur ce roman, je voudrais préciser que le second couple majeur étudié dans *Middlemarch* est celui d'un jeune médecin ambitieux et d'une jolie fille sans cervelle. Ce couple-là va souffrir d'un autre travers : celui de la course effrénée vers l'argent et l'image sociale, assortie de nombreuses désillusions. Celles-ci auront tôt fait de se transformer en mépris de l'épouse pour le mari. Or le mépris (c'est là que je voulais en venir) est un poison pour le couple, tout aussi puissant que la jalousie.

La jalousie est évidemment ce qui ronge Anna Karénine une fois qu'elle a quitté son mari pour Vronski, son jeune et bel amant (voir chapitre « Je suis amoureuse d'un autre »). À ses côtés, elle se sent vieillissante. Le doute l'assaille. Elle finit par se rendre la vie odieuse. Par ricochet, elle pourrit aussi celle de son amant, tant elle distille abondamment sa suspicion.

Aimer l'autre sans douter de lui est le secret des couples heureux.

On sait depuis longtemps (l'Othello de Shakespeare en est l'exemple le plus puissant) que la jalousie est un sentiment naturel qui doit absolument être surmonté, sous peine de voir le couple se détruire corps et âme. Et raisonnablement, pour la santé du couple, il vaut mieux être trompé sans jamais avoir été jaloux que d'être jaloux sans avoir jamais été trompé.

Pour aller jusqu'à l'absurde, voici un petit roman de Colette (encore elle) intitulé *La Chatte* (lecteur, si vous pensez à une chose pornographique, passez votre chemin, il n'y aura pas de ça chez moi), dans lequel une jeune mariée prend en grippe la chatte (femelle du chat, mammifère charmant) de son mari, estimant que celui-ci lui accorde trop d'attention. Elle ira même jusqu'à tenter de la tuer en la jetant par la fenêtre, ce que le mari, évidemment, ne lui pardonnera jamais.

Voilà, si, après toutes mes démonstrations, vous ne faites pas taire votre jalousie, alors c'est que vous ne voulez pas être guéri.

Middlemarch de George Eliot
Folio, 1 152 pages, 11,90 €.

La Chatte de Colette
Le Livre de Poche, 189 pages, 4,50 €.

JE VEUX ME VENGER

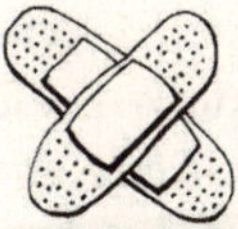

SYMPTÔMES

On vous a fait du mal, vous vous êtes senti humilié. En amour, on vous a lâché salement. Socialement, on vous a fait sentir que vous étiez un peu plouc. Ou peut-être pire. On vous a nui. En médisant de vous, on a détruit votre carrière, ou votre réputation. Depuis, vous ruminez. Votre vie est dominée par le désir de vengeance. Et comme vous avez bien appris la leçon, vous savez que cette chose se mange froide. Vous calculez, vous attendez, tapi dans l'ombre, que l'heure sonne. Halte-là ! Vous êtes en train de détruire votre vie.

REMÈDES

Pour guérir, il vous faut comprendre que le désir de vengeance qui vous ronge vous détruit plus sûrement que votre vengeance, même réussie, ne détruira jamais votre adversaire. En voici deux preuves imparables (je passerai sous silence *Le Comte de Monte-Cristo,* même si j'adore Alexandre Dumas, j'ai plus subtil en réserve). En premier lieu, voici la vengeance d'un enfant humilié, nommé Heathcliff. Vous avez peut-être reconnu là le héros des *Hauts de Hurlevent*, d'Emily Brontë. Trouvé et adopté par Mr. Earnshaw, Heathcliff souffre de sa condition misérable. Le fils de la famille, Hindley, le prend en grippe dès son arrivée et s'ingénie à lui faire sentir son infériorité. Sa sœur Catherine, espiègle et douce, adoratrice de la lande anglaise sur laquelle elle vit et rêve, pourrait être une bonne compagne de jeu pour lui, mais il est si ombrageux qu'il n'a pas conscience de l'amour que celle-ci pourrait lui porter. En grandissant, il devient violemment jaloux de leur voisin Mr. Linton qui fait la cour à Catherine. À la suite d'un malentendu, il croit comprendre que Catherine aime Linton, qu'elle est disposée à l'épouser, et il s'enfuit, en se jurant de revenir accomplir sa vengeance. À ce stade Heathcliff, du seul fait de sa haine pour Hindley, a déjà raté sa vie. Moins âpre, moins habité par l'esprit de revanche, il aurait négligé les sentiments d'Hindley pour se consacrer à ceux qu'il éprouve pour Catherine. Il se serait laissé aimer. Mais non, obnubilé par son indignité, il ne voit rien et s'enfuit. Catherine épouse donc Linton (elle mourra après avoir mis au monde une fille, elle aussi prénommée Catherine). Lorsqu'il rentre au pays, Heathcliff a acquis l'envergure nécessaire pour dominer tout ce petit monde. Il épouse la sœur de Linton qu'il rend atrocement malheureuse, il réduit le fils d'Hindley à l'état de quasi-valet, et tyrannise la jeune Catherine dès qu'elle devient l'épouse de son propre fils Heathcliff… Voilà, Heathcliff a accompli sa vengeance, il est parvenu à ses fins, il règne sur

Hurlevent, mais à quel prix ? Sans amour, dans la terreur et la dureté. Franchement, que de vies gâchées par le ressentiment. Même Heathcliff n'en tire aucun plaisir. Sa vie entière est une immense blessure. Si jamais roman a démontré brillamment l'absurdité du désir de vengeance, c'est bien celui-là. Et vous, que préféreriez-vous, asseoir votre domination et votre pouvoir dans la solitude et la haine, ou renoncer à écraser votre ennemi et vivre en harmonie avec vous-même ?

Autre exemple de vengeance amoureuse qui se termine fort mal : celle de Mme de Merteuil dans *Les Liaisons dangereuses*, de Choderlos de Laclos. La marquise de Merteuil cherche à se venger de son amant qui vient de la plaquer pour épouser Cécile, une petite de quinze ans tout juste sortie du couvent. Pour accomplir sa vengeance, elle fait appel à un libertin séduisant, Valmont, dont la mission est de souiller Cécile avant le mariage. Au-delà de cette vengeance ponctuelle, ce qui anime la marquise, c'est un désir de revanche plus général sur les hommes. Mariée trop jeune, désormais veuve, elle est l'archétype de la femme libre et moderne (incroyable personnage pour son époque), celle qui cherche à asservir les hommes et punir les femmes trop sentimentales. Toutes ses vengeances seront accomplies, et pourtant elle va chuter. Pourquoi ? Parce que sa démarche, si parfaite soit-elle d'un point de vue tactique, n'a pas tenu compte de la nature humaine, des failles qui font que chaque être ne peut être entièrement dominé, pas même Valmont qui entre-temps est tombé amoureux et préfère aller vers sa propre fin plutôt que de perdre son amour. Mme de Merteuil a gagné, mais Valmont lui joue un dernier tour en rendant publique toute sa machination. Sa réputation est ruinée, elle doit fuir et finit défigurée par la petite vérole. Alors, cela valait-il la peine qu'elle se venge d'un bellâtre idiot qui allait épouser une sotte, alors qu'elle pouvait se consoler dans d'autres bras et l'oublier ? Même si ces vies ratées font bien entendu les meilleurs romans, c'est cher payé que de les imiter. Non ?

Les Hauts de Hurlevent d'Emily Brontë
Le Livre de Poche, 413 pages, 5,50 €.

Les Liaisons dangereuses de Choderlos de Laclos
Le Livre de Poche, 573 pages, 5 €.

JE VOUDRAIS ÊTRE UNE FEMME LIBRE

SYMPTÔME

Vous venez de lire ce qui précède et vous soupirez, chère lectrice, l'amour, toujours l'amour, et les hommes… comme s'il ne fallait vivre que par et pour eux. Vous, vous souhaitez vous déterminer par vous-même, être libre et n'avoir de comptes à rendre à personne. Non pas que vous envisagiez l'abstinence, n'exagérons rien, seulement ces problèmes de couple, vous ne voulez pas les placer au centre de votre existence. Cela paraît difficile (impossible ?), mais j'ai de quoi vous permettre de méditer sur cette question.

AIDE À LA MÉDITATION

Nombre de romancières ont pris ce thème comme point focal de leur intrigue. C'est le cas de l'Algérienne Assia Djebar qui, dans *Ombre sultane*, met en parallèle deux femmes, les deux épouses successives d'un même homme. La première, une intellectuelle, choisit l'indépendance et la liberté, tandis que la seconde, une jeune fille traditionnelle, est obligée de se soumettre au quotidien de l'homme. Mais il n'existe pas de choix parfait. D'un côté, la liberté engendre une forme de solitude, de dureté, de sécheresse des sentiments. De l'autre, la soumission ne peut être totalement acceptée. Tôt ou tard, apparaît une forme de rébellion, même minuscule. En ce qui concerne la seconde épouse, son jardin secret, c'est de sortir seule, marcher dans la rue, dévoilée. Ainsi, qu'elle soit libre ou soumise, la femme ne peut s'empêcher de se déterminer par rapport à l'homme.

C'est aussi la problématique de l'Indienne Anita Nair dans *Compartiment pour dames*. La scène se passe dans un train de nuit. Des femmes, qui ne se connaissaient pas auparavant et qui n'ont pour point commun que de s'être retrouvées dans un même compartiment, décident d'échanger sur leurs modes de vie. Célibataire, heureuse en mariage ou le subissant, femme trompée ou adultère, aucun modèle ne s'impose, aucun ne procure la sensation de complétude.

Ce que nous apprennent ces livres, c'est justement que cette complétude n'existe pas. Une vie n'est qu'une vie, parmi d'autres qui auraient pu être. Il est impossible de décider à l'avance de ce qui a du prix : est-ce la liberté ? est-ce l'attachement ? Trouver son propre équilibre est l'œuvre de toute une existence. On ne peut qu'écouter (ou lire) les expériences des autres, non pour les copier, mais pour réfléchir sur la sienne et, éventuellement, rectifier le tir.

Ombre sultane d'Assia Djebar
Le Livre de Poche, 213 pages, 5,50 €.

Compartiment pour dames d'Anita Nair
Picquier poche, 449 pages, 9,50 €.

QUATRIÈME PARTIE

AIMER SON TRAVAIL

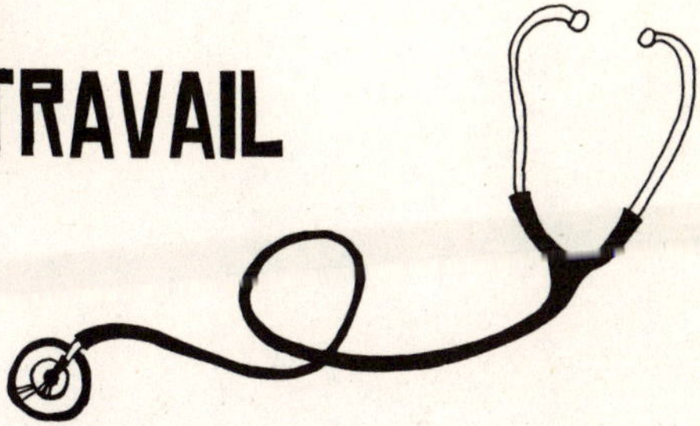

Je n'ai pas envie de travailler
Mon collègue me marche sur les pieds
Mon chef me harcèle
Je vis de mes rentes

JE N'AI PAS ENVIE
DE TRAVAILLER

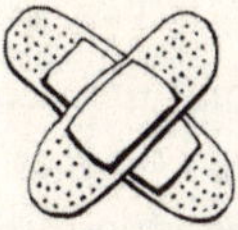

SYMPTÔME

La sonnerie du réveil vous vrille la tête, vous vous levez avec des pieds de plomb. La perspective de vous rendre au travail vous assomme. Parmi toutes les tâches qui vous sont confiées, aucune ne vous inspire. Les journées passent lentement, la vie est lourde. Que faire ?

REMÈDES

Vous pouvez, comme Bartleby, de Herman Melville, faire de la résistance passive. La phrase phare de ce commis aux écritures dans un bureau de New York est « J'aimerais mieux pas ». Ainsi, chaque fois qu'on lui demande de faire quelque chose, Bartleby répond poliment et invariablement : « J'aimerais mieux pas. » Il est certain que c'est un personnage de roman, un être métaphysique, et qu'il semble difficile d'appliquer la technique Bartleby dans son quotidien professionnel. Poussée à l'extrême, cette attitude, bien sûr, vous vaudrait un licenciement et loin de moi l'idée de vous encourager à faire une bêtise pareille. D'ailleurs, Bartleby lui-même finit par être complètement isolé, ce qui n'est pas votre but. Mais cet étrange personnage permet d'opérer un arrêt sur image, de réfléchir. Il représente la force d'inertie, le refus de la productivité à tout prix, le grain de sable dans les rouages de l'entreprise. Sous des airs passifs, c'est de la rébellion pure. Ce que l'on a à apprendre de Bartleby, c'est que l'on n'est pas obligé de courir dans tous les sens pour répondre aux moindres désirs de la hiérarchie. On peut aussi penser à soi, accomplir ses tâches en prenant soin de chacune, en oubliant le tourbillon du monde extérieur. Et ça, accorder du temps à chaque chose minuscule, c'est déjà une manière de se réapproprier sa journée de travail et donc de commencer à l'apprécier.

Si celui-ci ne vous suffit pas et que vous souhaitez découvrir un autre rebelle au travail, vous pouvez aussi vous intéresser au drolatique Ignatius Reilly, de *La Conjuration des imbéciles*, qui, contrairement au laconique Bartleby, justifie longuement, avec logique, ses réticences à se mettre au travail (voir chapitre « Je suis hypocondriaque »).

Bartleby de Herman Melville
GF Flammarion, 216 pages, 5,80 €.

MON COLLÈGUE ME MARCHE SUR LES PIEDS

SYMPTÔME

Vous aimez votre travail, vous le faites plutôt bien, calmement, en vous ménageant des pauses pour discuter avec les collègues, en profitant de la vie et des journées qui passent. Vous avez bien raison, car les journées passées ne repassent plus, comme chacun sait, et « tout le temps perdu ne se rattrape plus » (Barbara). Le problème est que tout le monde ne prend pas, comme vous, la vie comme elle vient. À côté de votre bureau, il y a ce collègue exaspérant, qui arrive avant tout le monde, repart après le patron, court dans tous les sens comme s'il était débordé et parle fort pour bien démontrer qu'il est seul à concourir à la bonne marche de l'entreprise. Et vous, vous vous interrogez : faut-il vraiment vous stresser et imiter ce guignol pour travailler efficacement et obtenir de l'avancement ?

REMÈDES

Prenez votre temps avant de vous lancer dans la compétition. Et occupez ce temps à lire, par exemple,

Illusions perdues de Balzac (et même sa suite : *Splendeur et misère des courtisanes*). C'est un peu long, certes, mais au moins cela vous évitera de prendre une décision hâtive. D'aucuns, qui ont déjà lu le livre, me diront : « En quoi cela est-il éclairant sur les rapports entre collègues en entreprise ? » Faites-moi confiance. Relisez-le et envisagez ce texte comme le portrait le plus abouti d'un ambitieux. Et croyez-moi, l'ambitieux du XIXe siècle n'a rien à envier à celui du XXIe, c'est le même, dans ses objectifs, dans ses méthodes, dans ses faiblesses et ses bassesses. Voici donc un jeune provincial du nom de Lucien de Rubempré (on notera que la particule n'arrive qu'après les premiers chapitres car, à cette époque, elle était indissociable de l'ascension sociale, l'auteur lui-même naquit Honoré Balzac), dont l'ambition est de faire carrière dans les lettres. Si vous me rétorquez que vous n'avez jamais été démangé par le démon de l'écriture, je vous répondrai : qu'importe, Lucien eût été mordu de marketing que l'histoire n'en eût pas été différente. Il a pour atout un physique agréable, dans ses poches un ridicule petit recueil de poèmes, dans sa tête l'idée d'un grand roman historique à la Walter Scott. Ce jeune homme va effectivement réussir dans un premier temps : il séduit l'épouse d'un notable local, il rencontre du beau monde et, de fil en aiguille, parvient à gagner Paris muni de quelques recommandations. Là, la vie se gâte : son recueil de poèmes est tout d'abord refusé, quelques âmes charitables lui conseillent d'écrire dans la presse. Pis, on l'enjoint de rédiger des critiques très méchantes sur des livres (y compris des livres qu'il apprécie). Pourquoi tant de haine ? Pour se faire ainsi craindre des éditeurs. C'est bien vu. Au premier éreintement signé de son nom, un éditeur lui propose de publier ses vers. Imbu de lui-même, Lucien se laisse acheter, persuadé d'avoir enfin été reconnu pour son talent. Il ne lui vient pas à l'esprit que l'on cherche à le faire taire. À ce stade, vous pourriez en conclure : il est donc payant d'être ambitieux. Si vous vous en tenez là, vous serez tenté de vous lancer dans la course et de marcher à votre tour sur la tête de votre collègue. Attendez un peu : la chute de Lucien sera rude, et je vous la laisse découvrir. L'ensemble de ce cycle balzacien est source de nombreux enseignements. Entre autres, on y apprend que l'ambition, si elle n'est pas assise sur une réelle compétence (reconnue, légitime), tôt ou tard se retourne contre l'arriviste, et qu'à négliger les rapports humains, on se prive d'appuis qui finiront par manquer cruellement.

Pour être totalement honnête, je me vois dans l'obligation de vous citer un exemple contraire, celui de Georges Duroy, le *Bel-Ami* de Maupassant. L'homme, d'un cynisme absolu, finit par parvenir à ses fins (belle position sociale, beau mariage, bon poste). Je ne peux passer cet anti-Rubempré sous silence et vous laisse ainsi libre de votre décision. Sur le bien-fondé d'un tempérament ambitieux, ce sera à vous de juger.

La littérature récente nous invite, elle, à réfléchir sur le monde de l'entreprise, sur la fragilité des promotions. Il suffit d'un changement de direction, d'une faille dans le système, pour qu'une carrière en plein essor se retrouve brusquement freinée. Deux romans contemporains illustrent à merveille les dangers que représentent les grosses multinationales pour leurs employés (direction comprise).

POUR LES CADRES

L'Imprécateur, de René-Victor Pilhes, étudie avec précision les rouages de l'entreprise capitaliste. C'est un thriller redoutable qui force à y regarder à deux fois avant de se dévouer corps et âme à une marque, une enseigne, un produit, un patron… Personnellement, j'ai lu ce roman alors que j'étais encore étudiante, et je me demande si je n'ai pas été vaguement influencée par cet esprit de suspicion qui m'a toujours dissuadée de rechercher un quelconque pouvoir hiérarchique. (Je précise, pour ne pas vous effrayer, que je travaille depuis plus de quinze ans dans la même entreprise, autrement dit : ce n'est pas non plus une lecture qui rend rebelle ou dépressif.)

POUR LES EMPLOYÉS

Un million de lumières est plus étrange, plus excessif, peut-être parce qu'il a été écrit par une Espagnole, Clara Sanchez (la jeune littérature espagnole est un peu déjantée, mais fabuleuse, on y trouve des perles). C'est l'histoire d'une jeune femme qui parvient, par relations, à se faire engager à l'accueil dans une grosse boîte, puis à être mutée comme secrétaire d'un sous-directeur. Là, elle découvre la dure réalité des cadres mis au placard. Sa vision des rapports entre les êtres, *executive women*, filles débordées ou déprimées, hommes de pouvoir ou hommes soumis, est racontée avec un tel détachement, comme s'il s'agissait de l'observation de hamsters en cage (d'ailleurs l'endroit s'appelle la Tour de verre), qu'elle en devient très drôle. C'est une excellente description du monde du travail, de sa puissance, de sa nécessité, de sa vanité.

Illusions perdues d'Honoré de Balzac
Folio, 704 pages, 8,20 €.

Bel-Ami de Guy de Maupassant
Le Livre de Poche, 367 pages, 3,56 €.

L'Imprécateur de René-Victor Pilhes
Points-Seuil, 352 pages, 7,50 €.

Un million de lumières de Clara Sanchez
Folio, 336 pages, 7,10 €.

MON CHEF
ME HARCÈLE

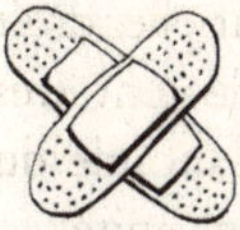

SYMPTÔME

Vous avez beau vous donner un mal de chien pour le (la) satisfaire, ce n'est jamais suffisant aux yeux de votre chef. Que vous esquissiez un pas vers la droite, on vous reproche de n'être pas allé à gauche, et vice versa. Quoi que vous fassiez, vous le faites soi-disant de travers. Vous doutez, vous finissez par penser que vous êtes une cloche. Pas du tout. Vous êtes tout simplement en situation de harcèlement moral (lequel est puni par la loi).

REMÈDE

Un seul, mais doublement efficace : *Stupeur et tremblements*, d'Amélie Nothomb. Une première prise vous offrira une franche rigolade (excellent pour le moral), une seconde vous permettra de prendre du recul par rapport à votre situation, en vous montrant, jour après jour, le processus qui conduit un individu en situation de pouvoir à en réduire un autre à l'état de paillasson. C'est l'histoire vécue d'Amélie, engagée comme stagiaire d'été dans une entreprise japonaise. Prise en grippe par sa chef de service, elle va d'humiliation en humiliation, et termine affectée au nettoyage des toilettes de l'étage. Il n'y a pas grand-chose à ajouter. C'est drôle, parce que c'est raconté avec un humour très fin et que l'auteur a finalement peu souffert (elle était très jeune et l'expérience n'a pas duré longtemps). C'est intéressant car ce processus, même avec son aspect outrancier, est parfaitement analysé : accepter une première brimade, même mineure, c'est prendre le risque de devoir en subir d'autres et terminer par une immense dégringolade. Alors résistez, la loi est de votre côté. Bon courage.

Stupeur et tremblements d'Amélie Nothomb
Le Livre de Poche, 186 pages, 4,50 €.

JE VIS DE MES RENTES

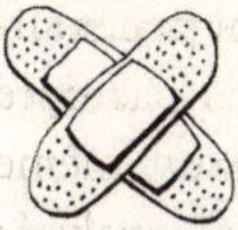

SYMPTÔME

Vous, les problèmes d'entreprise ne vous concernent pas. Et même vous vous demandez avec perplexité pourquoi donc un chapitre consacré à un non-problème… Ne le prenez pas de haut car, comme vous allez le voir, votre opulence ne vous met pas à l'abri d'un dysfonctionnement. Et, comme on n'est jamais trop prudent, je vous conseille donc de suivre une petite cure préventive.

TRAITEMENT PRÉVENTIF

Comme vous n'avez que faire du travail salarié, vous avez donc pleinement le temps de lire ce monument de la littérature naturaliste française du XIXe siècle, je veux parler de *À rebours*, de Huysmans. Le personnage principal, devenu aussi célèbre que Julien Sorel ou le prince Mychkine, se nomme Des Esseintes. Noble et de surcroît riche. Par conséquent, oisif. Ne sachant comment occuper ses journées, las de la ville, il fait l'acquisition d'une sublime maison dans un endroit tranquille et se lance avec ardeur dans la décoration. Tapisseries, soieries, tapis, et autres folies, j'ai oublié une partie des dépenses somptuaires de l'aristocrate. Hélas pour lui, son activité a une limite (contrairement au travail salarié dont la perspective de fin s'éloigne comme la ligne d'horizon dans le désert) et, dans son désœuvrement, il en vient même à faire incruster des pierres précieuses dans la carapace de sa tortue d'appartement. Oui, vous avez bien lu : trop d'argent peut conduire au ramollissement du cerveau, c'est désormais prouvé (merci, Huysmans). Mais ce n'est pas le plus grave car, après tout, on parle bien de l'imbécile heureux et lorsque l'on est heureux rien n'importe plus. Aussi vais-je vous mettre en garde. Non, Des Esseintes n'est pas heureux, bien au contraire. Son inactivité le rend apathique. Sa santé physique et mentale se détériore. Sa fin n'a rien d'enviable.

Vous en conviendrez, ami lecteur rentier, je vous rends là un fier service. Alors que vous vous apprêtiez à couler des jours tranquilles mais voués à l'apathie et à l'échec, vous allez pouvoir vous lancer en quête d'un bon boulot qui vous octroiera une saine vie de labeur. Non, ne me remerciez pas. C'est un plaisir de rendre service.

À rebours de Joris-Karl Huysmans
Folio, 443 pages, 7,10 €.

CINQUIÈME PARTIE

GARDER LE MORAL

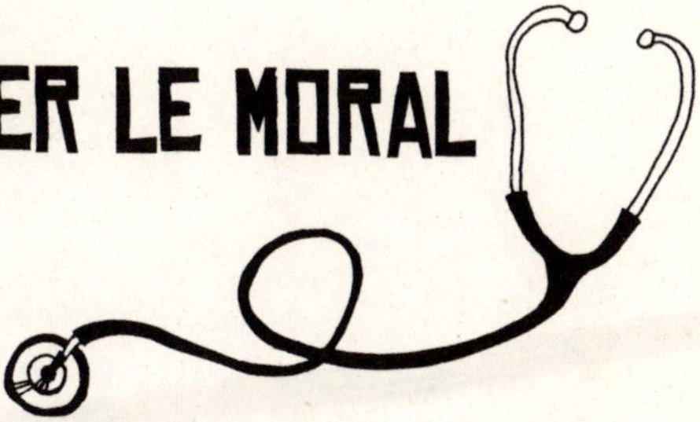

Je suis insomniaque
J'ai envie de rien
Je suis en dépression
Je m'ennuie
Je me sens seule
Je suis boulimique et/ou anorexique
Je suis hypocondriaque
Je suis malade
Je suis frigide, impuissant...
J'ai été agressé(e)
Je vis avec un handicap
Je suis accro (au jeu, à l'alcool, à la drogue)
Il (elle) a quitté ce monde
Je n'ai plus envie de vivre
J'ai envie de vivre mais...

JE SUIS INSOMNIAQUE

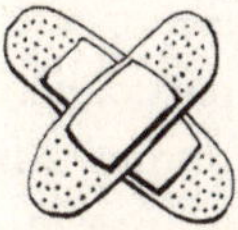

SYMPTÔME

Vous êtes épuisé(e). Vous entrez dans votre lit. Bonheur. Mais le sommeil ne vient pas, vous tournez et vous retournez. Les heures défilent. Votre corps tremble. Horreur. Lorsque enfin vous vous endormez au terme d'une rude bataille, le réveil sonne, implacable. Dans la journée, vous somnolez. Il vous semble qu'on pourrait vous poser n'importe où, vous vous endormiriez aussitôt. Mais lorsque la nuit revient, le même cycle infernal se remet en marche. Vous ne connaissez plus le repos. Cela vous rend fou.

REMÈDES

Avant toute chose, cette évidence : lire aide à s'endormir. La lecture permet à l'esprit de décrocher de ses préoccupations en les centrant sur autre chose. Ainsi déconnecté, le cerveau entre dans le sommeil. Mieux vaut pour cela éviter de lire des intrigues à rebondissements (thrillers, polars…). Car, si le cerveau décroche effectivement des problèmes de la journée, ceux-là mêmes qui vous empêchaient de trouver le sommeil, il s'accroche au suspense, frémit d'excitation, et s'emballe jusqu'à vouloir terminer l'histoire d'une traite. Non, ami insomniaque, ce type de romans n'est pas ce qu'il vous faut. Ce qui endort le mieux, c'est la littérature qui ne présente pas d'histoire particulière mais des phrases au rythme presque hypnotique, aux digressions nombreuses, aux descriptions interminables. En tant que grande insomniaque, je peux le dire d'expérience : il n'existe pas meilleur auteur que Gertrude Stein pour plonger son lecteur dans le sommeil. Comme votre but n'est pas de vous passionner pour le sujet, vous pouvez prendre n'importe lequel de ses livres. Je vous en conseille deux en particulier : *Autobiographie d'Alice Toklas* et *Autobiographie de tout le monde*. Le premier vous éclairera sur la vie culturelle parisienne de l'entre-deux-guerres, le second sur la vie de l'auteur entre la France et ses conférences aux États-Unis. Ne me dites pas que tout cela vous ennuie. Premièrement, c'est très intéressant, et deuxièmement, le but est de vous endormir. Or, je vous assure que deux ou trois pages seulement d'un de ses livres suffisent à provoquer le sommeil. C'est dire si chacun peut faire de l'usage ! J'ai l'air comme ça d'être très méchante envers Gertrude Stein que j'apprécie pourtant vraiment. Mais je peux expliquer parfaitement le phénomène : les phrases volontairement neutres, analytiques, les mêmes mots se répétant sur des paragraphes entiers enferment le lecteur dans une bulle et agissent comme une forme d'hypnose.

Si votre but n'est pas de trouver un remède pour dormir (car vous avez pour cela des somnifères très efficaces), mais au contraire de vous documenter sur la question, à savoir l'insomnie, j'ai le roman qu'il vous faut : *La Maison du sommeil*, de Jonathan Coe. C'est un de mes romanciers préférés et celui-ci est son meilleur livre. L'histoire se déroule durant deux époques, dans une bâtisse située en bord de mer. Première époque, elle sert de résidence d'étudiants (dont on va suivre un petit groupe) ; deuxième époque, elle sert de clinique spécialisée dans les troubles du sommeil. On y retrouvera, de près ou de loin, les étudiants devenus adultes. Il y a l'insomniaque qui n'a plus dormi depuis des années et, pour avoir regardé tant de films durant ses nuits, est devenu critique de cinéma, l'étudiant obsédé par les paupières qui dirige à présent la clinique, se livrant à d'étranges expériences, etc. Si le sommeil et ses dérives sont bien au cœur du roman, il s'agit aussi d'un livre sur le temps qui passe et la force des obsessions. Je ne peux m'empêcher de penser que l'auteur ne se serait pas lancé dans un sujet pareil s'il n'était pas lui-même insomniaque. Si vous l'êtes aussi, ce roman ne vous guérira pas (ou moins efficacement que Gertrude Stein) mais il deviendra votre ami. C'est forcé.

Autobiographie d'Alice Toklas de Gertrude Stein
Gallimard, L'Imaginaire, 266 pages, 7,90 €.

La Maison du sommeil de Jonathan Coe
Folio, 463 pages, 8,20 €.

J'AI ENVIE
DE RIEN

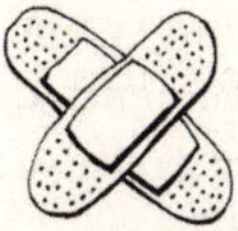

SYMPTÔME

Pourquoi se lever le matin alors que chaque jour qui passe ressemble à la veille ? À quoi bon bouger, brasser de l'air pour n'avancer en rien ? Si ces questions sont vôtres, vous appartenez à la famille des nihilistes, pour lesquels la vie n'a aucun sens, ceux que Gainsbourg appelait les « aquoibonistes ».

REMÈDE

Vous n'avez pas forcément envie de guérir. D'ailleurs, de votre point de vue, ce sont les autres qui sont fous, ceux qui s'agitent sans autre raison que de gagner de l'argent, se faire valoir et se reproduire, autant de choses vaines et ridicules. Loin de moi la prétention de vous soigner. Je sais, d'expérience, que les « aquoibonistes » sont hermétiques à toute critique et toute volonté de changement. Je me contenterai donc de vous présenter votre maître. Il se nomme Oblomov, il est l'antihéros du roman éponyme de Gontcharov. Oblomov possède la plus impressionnante force d'inertie que l'on puisse imaginer. Il erre de son lit au fauteuil et du fauteuil au lit, laissant s'accumuler autour de lui des excroissances matérielles indésirables (en clair, beaucoup de bazar). D'aucuns diront : il est dépressif. Peut-être, mais ce n'est pas le sujet, car Oblomov a été créé pour symboliser le refus du changement, du mouvement, de l'espoir d'un futur meilleur. Ce qui dans la Russie de la révolution bolchevique n'était pas bien vu. Ce roman a été détesté par Lénine qui prônait au contraire l'esprit d'engagement, de révolte, de jeunesse saine et généreuse. En revanche, il a été et est toujours idolâtré par un certain nombre d'intellectuels qui y voient une attitude hautement philosophique face à l'absurdité de la vie. La vie est-elle ou non absurde ? A-t-on ou non raison de refuser de s'y plonger ? Je ne me lancerai pas dans un tel débat qui excéderait mes forces et mes compétences. Je ne peux que remarquer à quel point Oblomov finit par rater une vie qui aurait pu être réussie. Par flemme, il ne répond pas à l'amour d'une femme éprise de lui. Il s'enferme dans une pièce sinistre. Lui qui croyait dominer le monde en refusant de participer à sa course désordonnée finit totalement submergé par la matérialité. Ce qui tendrait à prouver que la vie est un peu comme le vélo. Lorsque l'on cesse de pédaler, on tombe. Cette remarque de fond mise à part, c'est un très grand livre. Que l'on soit ou non d'accord avec la vision d'Oblomov.

AVERTISSEMENT

Il se peut que votre « envie de rien » soit un symptôme de dépression. Vous pouvez donc vous rendre au chapitre suivant.

Oblomov d'Ivan Gontcharov
Le Livre de Poche, 667 pages, 8 €.

JE SUIS EN DÉPRESSION

SYMPTÔME

N'ayant pas les diplômes requis, je ne me permettrais pas de diagnostiquer votre dépression, je m'en remets aux avis des autorités compétentes (et donc médicales) que vous consulterez d'urgence. Ensuite, ou avant, ou simultanément, vous lirez mon petit laïus.

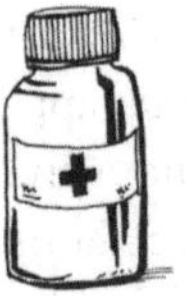

PRÉCAUTIONS D'UTILISATION

Les romans qui traitent de la dépression ne sont pas les mieux placés pour vous redonner le moral. Si vous vous sentez fragile, fuyez-les.

TRAITEMENT DE FOND

Lisez des trucs drôles. L'œuvre de Pierre Desproges, par exemple. Ou celle de Woody Allen. Deux grands dépressifs devant l'Éternel (ce qui prouve que l'humour noir peut être un rempart efficace contre l'humeur noire).

ALTERNATIVE

Vous pouvez aussi, avec prudence, aborder l'un des plus beaux récits de descente aux enfers, celui de la poétesse Sylvia Plath, dans son unique roman : *La Cloche de détresse*. Si on ne connaissait pas le destin de l'auteur, on serait tenté de parler d'un livre rédempteur et donc optimiste. En effet, la narratrice raconte ses souvenirs d'adolescente dépressive, ballottée d'une clinique à l'autre, d'un traitement à l'autre, d'une souffrance psychique à l'autre. Elle manifeste une incroyable capacité d'analyse et de lucidité à décrire un quotidien atroce et traumatisant dont elle est apparemment sortie, puisque, au fil du récit, elle nous livre des bribes de sa vie de femme mariée, de ses relations avec son bébé. Mais lorsque l'on sait que Sylvia Plath s'est suicidée, peu de temps après ce livre, à trente-deux ans, laissant deux enfants tout petits, il se teinte immédiatement de tragique. Bien sûr, il existe, de nos jours, moult témoignages d'anciens malades qui vous expliqueront comment ils s'en sont sortis. Ce n'est pas mon propos. Je vous livre ce que l'on a écrit de plus littéraire sur le sujet. Au masculin, c'est William Styron qui a plongé le mieux dans cet univers de souffrance mentale. Dans *Face aux ténèbres*, il raconte son chemin de croix.

J'espère de tout cœur qu'après lecture de ces chefs-d'œuvre, vous éprouverez une certaine consolation en estimant que vous n'avez pas encore atteint un tel fond.

La Cloche de détresse de Sylvia Plath
Gallimard, L'Imaginaire, 270 pages, 7,90 €.

JE M'ENNUIE

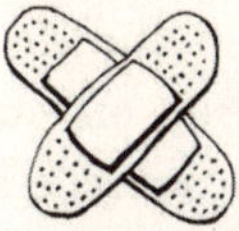

SYMPTÔME

Vous me demanderez en quoi « Je m'ennuie » est franchement différent de « Je suis en dépression » ou de « J'ai envie de rien ». Eh bien, c'est simple : on peut s'ennuyer sans être de nature dépressive, et tout en ayant envie de quelque chose. L'ennui est une errance à travers le temps, un temps que l'on ne parvient pas à occuper selon ses goûts. On sent bien qu'il existe quelque chose ailleurs, mais on n'arrive pas à l'identifier, et encore moins à l'atteindre. À la longue, l'ennui peut conduire à la dépression, cette sensation de ne pouvoir peser sur rien. Et, au contraire, de sentir tout peser sur soi.

REMÈDE

La plupart des gens qui s'ennuient structurellement (et non conjoncturellement, car, dans ce cas, il suffit d'attendre que le temps passe, apportant avec lui de nouvelles surprises) s'inventent des perspectives floues et excitantes. Qu'elles soient ou non réalistes, elles leur permettent de surnager sans vraiment les satisfaire. Réaction humaine, mais peu salutaire, car, en poursuivant un rêve lointain, on risque de passer à côté de choses simples et pourtant heureuses. *Frankie Addams* en est un joli exemple. Créée par la romancière américaine Carson McCullers, Frankie Addams est une adolescente du sud des États-Unis qui traîne son mal de vivre entre une nounou attentionnée mais qu'elle a assez vue et un petit cousin qui l'adore mais dont elle n'a que faire. Dans cet ennui qui s'étire sur des journées trop chaudes et trop poussiéreuses, Frankie attend le jour où son frère aîné, qui doit se marier, viendra la chercher. Toutes les pensées de Frankie sont focalisées sur ce mariage auquel elle rêve d'assister. Elle ne voit plus ni sa nounou ni son petit cousin idolâtre. Mais le temps passe. L'angoisse de l'abandon s'immisce dans le cœur de Frankie qui devient de plus en plus dur, de plus en plus replié sur lui-même. Pour se venger de ses jours déçus, elle rudoie la seule personne sur laquelle elle possède un pouvoir : son petit cousin. Frankie prendra conscience trop tard de l'importance de la place qu'occupait cet enfant dans sa vie. Ce qu'elle nous apprend est aussi basique que précieux. Même lorsque l'on s'ennuie, même lorsque l'on a le sentiment de n'avoir rien près de soi pour combler ce vide, il existe peut-être tout à côté de quoi happer notre attention, des gens qui auraient besoin de notre affection. Il n'est pas toujours nécessaire de s'inventer de grandes causes, ou de grands projets. Si le quotidien suscite de l'ennui, la solution est à rechercher dans le quotidien lui-même et non dans un lointain hypothétique. C'est la sagesse même, non ?

Frankie Addams de Carson McCullers
Le Livre de Poche, 222 pages, 5,50 €.

JE ME SENS SEULE

SYMPTÔME

Vous êtes une femme intelligente. Vous avez travaillé votre vie durant à votre émancipation et vous l'avez obtenue de haute lutte. Vous êtes indépendante, peut-être belle, vous êtes parvenue là où vous vouliez aller. Et pourtant, vous êtes seule ou tout comme. Vous rêvez d'un homme qui ne soit pas un adversaire mais un partenaire, sauf que vous êtes si habituée à combattre que vous ne savez plus comment les sexes opposés s'allient. Vous avez considéré les autres femmes comme des rivales ou, si vous ne l'avez pas fait, vous avez négligé d'entretenir leur amitié. Au final, vous vous sentez atrocement seule.

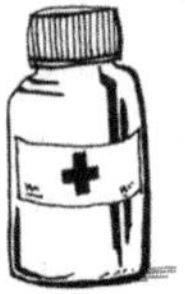

REMÈDES

Vous pouvez méditer sur un ensemble d'histoires qui ressemblent à la vôtre et constater que, quelle que soit l'époque, quel que soit le continent, lorsque la femme obtient sa liberté, c'est au prix de sa solitude. On peut avancer plusieurs explications. Soit les hommes ont tendance à fuir les femmes trop intelligentes et trop indépendantes. Soit ces femmes se sont tellement endurcies qu'elles ne savent plus se soumettre aux conditions requises pour que naisse un amour partagé. Les deux sont possibles et probables. Sans les identifier vraiment, vous avez déjà rencontré deux de ces femmes dans cet ouvrage, deux parcours de libération qui ont conduit les femmes vers la sagesse, l'indépendance mais aussi la solitude. Il s'agit d'Efuru (voir chapitre « Mon mari me trompe ») et de Tsomo, l'héroïne du *Cercle du karma* (voir chapitre « Je n'ai pas de chance »).

Je vais vous présenter ici un roman qui traite exactement de ce thème. Il s'intitule *L'Auberge des femmes tristes*, de Marcela Serrano. Ce n'est pas un roman incontournable mais, en l'occurrence, il est parfait pour illustrer votre mal. Sur une petite île au large du Chili, une femme a ouvert une auberge où elle accueille pour trois mois des femmes en dépression. Les coûts étant élevés, il s'agit de cadres supérieurs, de célébrités, d'intellectuelles. La narratrice est un professeur illustre. Elle se retrouve à partager un bungalow avec une femme d'affaires et une actrice. Elle-même a élevé un fils et a dû batailler pour être reconnue. La quarantaine dépassée, elle a le sentiment que sa vie est dépourvue de sens. Tout comme ses consœurs. Peu à peu, elles vont apprendre à s'ouvrir aux autres, à sortir de leur coquille de performance et à retrouver le goût de la vie. L'intérêt de ce livre n'est pas dans l'intrigue, mais dans la réflexion qu'il occasionne. En effet, il revient à la mémoire de la narratrice le souvenir d'une conversation avec une intellectuelle d'Afrique du Sud lui faisant part de cette même douloureuse solitude. Autrement dit, les mêmes causes produisent partout, et de tout temps, les mêmes effets. Si les femmes veulent ne pas se sentir seules, elles doivent abdiquer en partie leurs dominations intellectuelle et sociale. Cette triste conclusion me semble hélas assez réaliste. À la femme d'arbitrer pour déterminer ce qui est essentiel à ses yeux : l'indépendance ou la compagnie.

Autre preuve, ce livre écrit par la toute première écrivain professionnelle de langue française : Christine de Pizan. Dans *La Cité des dames*, elle constate déjà (on est au XVe siècle) le lien entre pensée élevée et solitude. Elle-même étant veuve et ayant choisi de gagner sa vie en écrivant plutôt qu'en se remariant. Ce lien étant démontré, je ne puis vous certifier qu'il existe des solutions efficaces pour le rompre durablement.

SI LE SYMPTÔME PERSISTE

Vous pouvez aussi lire Virginia Woolf, la poésie d'Emily Dickinson, ou *Kétala* de Fatou Diome.

L'Auberge des femmes tristes de Marcela Serrano
Éditions Héloïse d'Ormesson, 336 pages, 22 €.

La Cité des dames de Christine de Pizan
Stock/Moyen Âge, 300 pages, 18,29 €.

JE SUIS BOULIMIQUE
ET/OU ANOREXIQUE

SYMPTÔME

Vous avez un rapport passionnel avec la nourriture. Vous l'adorez, vous la vénérez, vous la haïssez, vous la rejetez. Les aliments ne servent pas à vous nourrir mais à vous détruire.

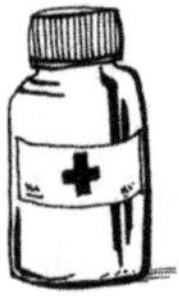

REMÈDES

Selon votre tendance, l'ordonnance indiquera l'un de ces deux récits.

INDICATION : BOULIMIE

Précipitez-vous sur les *Confessions d'une grosse patate*, de Susie Morgenstern, et dévorez-le, c'est le livre le plus honnête, le plus sincère, le plus émouvant écrit sur le sujet. C'est l'autobiographie de Susie Morgenstern, une romancière américaine connue pour ses livres pour enfants. Elle raconte par le menu son amour incontrôlable pour la nourriture. Son incapacité à résister à un gâteau quand elle passe devant une boulangerie. Son inclination pour les bonnes crèmes et les bons plats en sauce. Son irrésistible envie de goûter à tout et tout le temps lorsqu'elle cuisine pour ses invités. Et sa douleur de ne pouvoir être la sylphide dont sa mère avait rêvé. Susie Morgenstern utilise cette image incroyable pour qualifier son surpoids : l'impression de devoir porter à vie une valise de trente kilos de beurre de cacahuètes. Susie Morgenstern a effectivement été forte toute sa vie, mais la dernière fois que je l'ai croisée, elle avait beaucoup maigri. Aurait-elle trouvé le vrai remède ?

INDICATION : ANOREXIE

À petites doses, vous pouvez vous plonger dans *Le Pavillon des enfants fous*, de Valérie Valère. C'est le récit autobiographique de l'hospitalisation d'une adolescente anorexique. Il en existe un certain nombre de ce genre, mais il se trouve que Valérie Valère, en dépit de son jeune âge, était déjà un écrivain et son texte est remarquable. Déni de la maladie, rejet des parents considérés comme des ennemis pour l'avoir laissé enfermer, refus de la médecine. Et puis, peu à peu, le retour au calme, l'acceptation du traitement et le retour à la maison. Valérie Valère avait seize ans lorsqu'elle écrivit ce livre. Et vingt et un lors de son suicide. Si vous n'êtes pas encore parvenue au stade de l'hospitalisation, lisez ce livre et évitez d'aller jusque-là. Il y a une marge entre manger avec précaution pour garder la ligne (ce que font beaucoup de femmes trop minces de mon entourage) et manger trop peu (ou se faire vomir), ce qui conduit inévitablement à des carences graves de l'organisme et, à la longue, produit sur le corps des effets inesthétiques (à l'inverse du but recherché).

EN CAS DE DOUBLE INDICATION

Boulimie + Anorexie (dont la manifestation est de se faire vomir après avoir trop mangé), lire *Thornytorinx*, de Camille de Peretti (Pocket).

Confessions d'une grosse patate de Susie Morgenstern
La Martinière, 142 pages, 8,50 €.

Le Pavillon des enfants fous de Valérie Valère
Le Livre de Poche, 157 pages, 4,50 €.

JE SUIS HYPOCONDRIAQUE

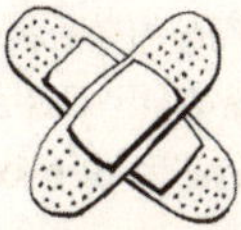

SYMPTÔME

Vous avez virtuellement toutes les maladies. Votre gorge vous pique en hiver : vous ne pensez pas laryngite mais cancer. Votre tête vous lance : vous ne pensez pas migraine mais tumeur. Une pointe vous perfore le côté : vous ne pensez pas douleur intercostale mais infarctus. En résumé, vous êtes un(e) hypocondriaque. Vous vous croyez malade. Et vous ne l'êtes pas. Ou alors, justement, vous l'êtes peut-être (à en croire vos symptômes). D'ailleurs, vous vous répétez : « Ce n'est pas parce qu'on est hypocondriaque qu'on ne peut pas être réellement malade » (si vous êtes réellement malade, courez tout de suite au chapitre suivant).

REMÈDES

Bien entendu, le plus célèbre hypocondriaque a été créé par Molière. Il s'agit du Malade imaginaire, mais comme l'histoire s'est assez mal terminée puisque Molière est mort en interprétant le rôle, je ne voudrais pas ajouter à vos angoisses (« Vous voyez bien qu'il était vraiment malade », me rétorquerez-vous, et je serai bien ennuyée). Je choisis donc pour vous divertir ce curieux roman américain de John Kennedy Toole, *La Conjuration des imbéciles*. L'hypocondrie n'est pas le sujet central du roman, mais le moins que l'on puisse dire du personnage principal, Ignatius Reilly, c'est qu'il est entièrement centré sur lui-même, ses petites douleurs, ses angoisses de maladies, ce qui fait de lui un archétype d'hypocondriaque assez intéressant à étudier. Ignatius est un drôle de gars, géant, obèse, nonchalant, coiffé d'une hideuse casquette verte, à rabats sur les oreilles. Il vit seul avec sa mère qu'il persécute tout en s'en croyant persécuté, obnubilé qu'il est par son anneau pylorique, un micro-organe qui semble se situer au niveau de l'estomac et l'embarrasse énormément. Plus Ignatius va mal, et plus l'anneau se ferme. Or, pour la première fois, la mère dévouée se rebelle en obligeant son fils à gagner un peu d'argent. Ignatius finit par trouver un job de vendeur ambulant de saucisses, qui ne va pas arranger les choses. Il aura bien sûr des douleurs aux pieds (il lui faut trimballer son chariot de saucisses à travers La Nouvelle-Orléans), sans compter qu'engloutir des dizaines de saucisses chaque jour, ce n'est pas conseillé lorsque l'on a des problèmes d'estomac. Mais l'hypocondrie fonctionne exactement de cette manière : je focalise sur un endroit de mon corps, j'imagine que je suis malade et, peu à peu, j'agis de telle sorte que je deviens réellement malade. Classique. C'est un très grand livre. Une vision du monde totalement décalée : entre *Bartleby*, *Oblomov*, et *Pantagruel*. Un immense bébé qui ferait tourner le monde entier autour de lui, incapable de s'extraire de lui-même et en même temps d'une extrême lucidité sur le fonctionnement de la société. Peut-être l'hypocondrie est-elle cela : un rempart que l'on met entre soi et le monde. Si je souffre dans mon corps, je ne peux souffrir de vos maux collectifs. L'auteur s'est suicidé après de nombreux refus d'éditeurs, pensant qu'il était un écrivain raté. Publié presque vingt ans plus tard, le roman est devenu un immense succès. Bizarre la vie, non ?

Si vous souhaitez quelque chose de plus classique, de plus proche de vous, j'ai ce qu'il vous faut, du moins si vous êtes une femme. Ne me dites pas que vous ne connaissez pas *Les Mots pour le dire*, de Maria Cardinal. Parce qu'il semble qu'à part moi, tout le monde l'ait lu. Je l'ai eu entre les mains il y a une vingtaine d'années et j'en ai lu un tiers. C'était le récit d'une femme qui perdait du sang, même lorsqu'elle n'avait pas ses règles. Elle avait consulté tous les spécialistes. On ne lui trouvait rien. Puis elle a commencé une psychanalyse et a guéri. Tout dans la tête, comme on dit. De tous les livres dont je parle dans ce modeste ouvrage, je le jure (croix de bois, croix de fer), celui-ci est le seul que je n'ai pas lu en entier. Je me contente de faire confiance à de nombreuses femmes qui m'ont affirmé qu'il leur avait fait beaucoup de bien. Moi qui avais conçu ce présent opus pour vous permettre d'échapper à la psychanalyse, me voici en train de vous conseiller un livre qui va vous envoyer illico chez le psy ! À moins que, justement, cette lecture ne vous permette de guérir seule d'un tourment psychosomatique.

La Conjuration des imbéciles de John Kennedy Toole
10/18, 448 pages, 9,40 €.

Les Mots pour le dire de Marie Cardinal
Le Livre de Poche, 288 pages, 5 €.

JE SUIS MALADE

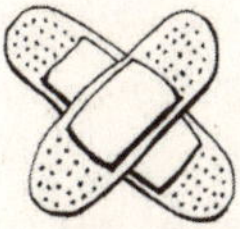

SYMPTÔMES

Ils sont variés et peuvent se loger de la tête aux pieds. Je ne les énumérerai pas tous. C'est impossible. Et, pour le coup, vous êtes déjà allé consulter votre médecin et il a déjà diagnostiqué votre mal. Ce que vous recherchez ici, c'est l'empathie. Trouver des gens atteints du même mal que vous.

REMÈDES

Si votre affection est respiratoire, vous avez gagné le gros lot. La littérature fait grand cas des problèmes pulmonaires. Il existe même une esthétique de la toux persistante et du crachat sanguinolent. Depuis *La Dame aux camélias*, d'Alexandre Dumas fils, les écrivains n'ont cessé de se rêver tuberculeux ou amoureux d'une tuberculeuse. Je ne vous conseille pas vraiment ce roman, car il finit très tristement. L'héroïne se meurt dans la douleur et la solitude. Cela ne devrait pas contribuer à vous remonter le moral. À moins qu'au contraire… à vous de voir. De toute façon, je ne vais pas vous raconter l'histoire entière, c'est celle de Marguerite Gautier, dite Violetta, dite la Traviata. La pauvre est non seulement malade mais contrainte à renoncer à l'homme qu'elle aime. Le seul point positif, c'est qu'après sa mort il va beaucoup culpabiliser de ne l'avoir pas assistée. C'est gentil mais cela ne va pas la ressusciter.

Vous avez peut-être entendu parler de *La Montagne magique*, de Thomas Mann, dont l'action se situe dans un sanatorium. C'est le plus « light » des chefs-d'œuvre sur le thème poitrinaire puisque le narrateur est lui-même peu atteint (certes, son cousin meurt, mais à peine tristement et ce n'est qu'un personnage secondaire), et la femme qu'il convoite, Clawdia Chauchat, n'est pas une Marguerite Gautier, elle vit joyeusement en dépit de la maladie et n'est pas destinée à mourir. Au bout du compte, c'est un roman sur l'idée de la maladie plus que sur la maladie elle-même, sur le désir et son impossible assouvissement. Et puis, le héros fume. Oui, en plein sanatorium. Et il ne vient à l'esprit d'aucun médecin de lui supprimer son vice au prétexte qu'il est tuberculeux. Étrange époque, non ?

Très beau roman également, celui d'Henry James, *Les Ailes de la colombe*. Triste aussi puisque la jeune femme malade n'en réchappera pas, mais au moins aura-t-elle connu une fin romantique dans un palais vénitien.

Je me doute que vous allez protester, si votre mal n'est pas pulmonaire. À quoi ces livres peuvent-ils vous servir ? J'avais prévenu. La littérature regorge de poitrinaires. Elle est moins diserte sur les autres types d'affections. Pourtant, il fut, au XIXe siècle, une maladie tout aussi répandue que la tuberculose : la syphilis, et qui n'a pas épargné les écrivains (Maupassant en est mort, de même que Baudelaire ou Nietzsche), toutefois elle semble avoir moins excité leur imagination que la tuberculose. Question de poésie, je suppose. Aussi, si vous cherchez des romans sur les affections vénériennes, je vous suggère d'aller lire du côté de l'Américain John Irving. Pas un seul de ses livres dont le héros n'ait pas de problème avec son sexe. L'un des plus explicites est *L'Œuvre de Dieu, la part du diable*, où l'un des protagonistes a dû être amputé d'une partie du pénis. L'autre est *L'Épopée du buveur d'eau*, dans lequel le héros est atteint d'une sorte de phimosis qu'il rechigne à faire opérer (il s'y résoudra finalement). Celui-ci n'est pas le meilleur Irving, certes, mais c'est le plus descriptif concernant les affections de ce type. On n'échappe à aucun détail.

Dans le genre maladie peu avenante, nous avons aussi le choléra et son chef-d'œuvre, *Le Hussard sur le toit*, de Jean Giono. Lors d'une épidémie de choléra, un hussard, Angelo, tombe amoureux d'une jeune fille, Pauline. Tous deux semblent échapper à la maladie lorsque Pauline tombe à son tour malade. Angelo, qui a vainement tenté de guérir tant de gens au cours des pages précédentes, ne baisse pas les bras. Il veille Pauline, la frictionne comme il se doit, la soigne, s'acharne et… la sauve. Bel exemple de constance car, comme on le sait, le choléra n'est pas une affection très ragoûtante. Un roman à faire lire à son conjoint s'il lui prend l'envie de déserter pour cause de maladie (comme cela est hélas fréquent).

Quant à notre mal du siècle à nous, le sida, il a lui aussi son chef-d'œuvre, avec *Le Protocole compassionnel* d'Hervé Guibert. Il s'agissait certes d'un protocole d'avant la trithérapie, mais, pour autant, la description de cette déshumanisation du corps entre les mains des médecins qui expérimentent leurs nouveaux traitements sans bien savoir où ils vont est saisissante. Elle peut s'appliquer à toute forme de traitement lourd en cas de maladie grave, voire incurable.

La Montagne magique de Thomas Mann
Le Livre de Poche, 818 pages, 8,50 €.

L'Épopée du buveur d'eau de John Irving
Points-Seuil, 432 pages, 8 €.

Le Hussard sur le toit de Jean Giono
Folio, 498 pages, 7,70 €.

Le Protocole compassionnel d'Hervé Guibert
Folio, 260 pages, 7,10 €.

JE SUIS FRIGIDE, IMPUISSANT...

SYMPTÔMES

Vous êtes un homme et vos performances sexuelles vous consternent, ou bien vous êtes une femme et vous ignorez ce que recouvre le mot « orgasme ». D'aucuns diront : c'est plus grave pour l'homme, car plus visible. Mais les femmes ne seront pas de cet avis. Quoi qu'il en soit, dans un cas comme dans l'autre, vous êtes sur le point de renoncer à la sexualité et de jeter l'éponge.

REMÈDES

Comprendre pourquoi. On dit que c'est l'amour véritable qui bloque le plaisir. C'est aussi ce que démontre *Le Cri*, de Chochana Boukobza. L'héroïne est amoureuse d'un homme prénommé Samuel. Elle l'aime, passionnément. Elle a envie de lui, de son corps. Elle l'obtient, mais jamais elle ne parvient à ressentir l'orgasme. Ça la désespère. Elle est persuadée qu'elle est frigide de nature. Rien à faire. Las, Samuel la quitte. Errante, elle décide de se donner à un type dont elle se fiche complètement, elle découvre enfin ce qu'est le plaisir physique. Par quel processus ? Mystérieux. Peut-être justement parce qu'il n'y a pas d'enjeu. Peut-être était-elle beaucoup trop obnubilée par sa relation avec Samuel. Quoi qu'il en soit, c'est un livre rare et donc assez extraordinaire sur la frigidité féminine.

Son équivalent masculin est *Le Bel Antonio*, de Vitaliano Brancati. Jeune Sicilien sublimement beau, il est convoité par toutes les filles de Catane. On lui prête de nombreuses aventures. Il ne raconte rien. On le croit modeste. Sa mère s'enorgueillit. Son fils brise les cœurs. Les filles, qui se languissent, pensent que c'est par respect qu'il ne les entreprend pas davantage. On le marie à une jeune bourgeoise, jolie et pure. Au bout de deux ans, le couple n'a pas d'enfant. Et là, la vérité éclate : le mariage n'a pas été consommé. Poussée par ses parents qui veulent la voir épouser quelqu'un de plus haut placé, elle dévoile le secret d'Antonio sur la place publique. L'apollon est impuissant. Les parents s'indignent, refusent de le croire, le clergé s'en mêle. Antonio devient la risée de tous. Il apprend à vivre avec son indignité. Ce n'est pas si tragique, après tout, semble-t-il vouloir nous dire. Il a peut-être raison, la résignation est sûrement un remède efficace.

En deçà de l'impuissance, il y a les problèmes de virilité liés à l'âge. Bien sûr, de nos jours, avec le Viagra, on oublie les limites, mais elles demeurent et la sexualité, passé une certaine frontière que Romain Gary situe aux alentours de soixante ans, n'est plus chose si aisée. Gary justement en donne une image terrifiante dans *Au-delà de cette limite votre ticket n'est plus valable.*

Il ne s'agit pas seulement de faiblesse érectile, mais aussi de toutes sortes de douleurs désagréables, pendant et après la jouissance. Et Romain Gary, lui, ne se résigne pas. Il se rebelle contre son corps. La vieillesse est un naufrage qu'il refuse de vivre. À la réflexion, je ne suis pas certaine que ce soit un livre très réconfortant (même si sa jeune compagne l'assure de son dévouement) sauf à très bien supporter le Viagra et à se dire : « Ouf, voici ce à quoi j'ai échappé » Effectivement, c'est peut-être le livre d'une époque révolue.

Si vous ne trouvez pas de remèdes grâce à la chimie moderne (le Viagra vous est peut-être contre-indiqué), vous pouvez lire l'histoire de bien plus malheureux que vous. Sous la plume d'Hemingway, dans *Le soleil se lève aussi*, un journaliste américain exilé à Paris raconte, à demi-mot, l'amour qu'il éprouve pour la belle Brett Ashley. Amour réciproque mais hélas inconsommable, l'homme ayant été blessé durant la guerre (et vraisemblablement émasculé : l'auteur ne donne pas de détails). La frustration des deux « amants » est très subtilement rendue. La jolie Brett s'égaie auprès de types plus ou moins fades, appelant son ami de cœur à la rescousse à tout bout de champ. Lequel accourt sans jamais faillir. Notre pauvre narrateur tente de nous faire croire que tout cela n'est qu'un mauvais coup du sort, que sa relation avec Brett le satisfait telle qu'elle est et qu'il n'en souffre presque pas. Le roman entier n'est qu'un immense euphémisme. Et certainement une réelle consolation pour les hommes qui auraient du mal à honorer leurs amoureuses.

Le Cri de Chochana Boukobza
Points-Seuil, 272 pages, 7,50 €.

Le Bel Antonio de Vitaliano Brancati
Robert Laffont, Pavillons poche, 420 pages, 9,90 €.

Au-delà de cette limite votre ticket n'est plus valable
de Romain Gary
Folio, 247 pages, 5,60 €.

Le soleil se lève aussi d'Ernest Hemingway
Folio, 288 pages, 6,10 €.

J'AI ÉTÉ AGRESSÉE

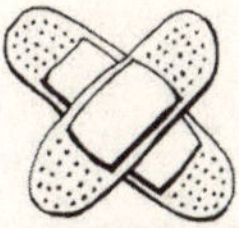

SYMPTÔME

Vous avez été victime d'un acte de barbarie, agressée, violentée, ou pire violée. Les mots vous manquent pour en parler. En y pensant, vous en tremblez encore. Vous tentez de banaliser votre mal, de minimiser votre peur, votre traumatisme. Peut-être même vous sentez-vous coupable de ce qui est arrivé. C'est courant.

REMÈDES

S'il existe aujourd'hui de nombreuses histoires de viol, aucune n'a la puissance du récit d'Alice Sebold. L'écrivain s'était fait connaître par un roman à succès, *La Nostalgie de l'ange*, dans lequel une gamine de quatorze ans violée puis assassinée observait du ciel la vie après sa mort. C'était plutôt un bon roman, mais il ne valait pas le texte dont je vais vous parler à présent : *Lucky*, la version autobiographique de l'expérience d'Alice Sebold. Violée à dix-huit ans, un soir en traversant le parc pour rentrer chez elle, Alice est passée par toutes les phases psychologiques possibles avant de parvenir à continuer à vivre. La douleur tout d'abord et la négation par son entourage : « Est-ce vraiment vrai ? », « Ne l'avez-vous pas cherché ? », « Ce n'est pas si grave », « Ne le raconte à personne », la honte, le sentiment d'injustice, la culpabilité, l'impossibilité d'en parler, puis la volonté d'en parler et personne pour vouloir entendre. Cet entourage qui veut la faire taire. Et la porte de sortie de son calvaire, grâce aux ateliers d'écriture. Pouvoir enfin écrire des bribes de sa souffrance. Et cet écueil supplémentaire car le violeur est noir et que personne ne veut prendre le risque de paraître raciste. Enfin, la décision d'aller jusqu'au procès, contre l'avis de tous, « à quoi bon remuer cette boue ! », mais, pour s'estimer de nouveau, Alice a besoin de réparation, d'entendre que ce qu'on lui a fait doit être puni. Elle préfère prendre le risque de gêner, choquer, perdre ses proches plutôt que de demeurer sans justice. Et c'est à ce prix qu'elle parvient à surmonter son traumatisme. Ce récit d'une écriture puissante, sans complaisance, est un document précieux pour tous ceux qui ont vécu une expérience analogue. Ne pas nier le préjudice subi. Le reconnaître, le faire reconnaître. Se battre. Réclamer réparation. Alors seulement, la guérison peut commencer.

Lucky d'Alice Sebold
J'ai lu, 350 pages, 6,70 €.

JE VIS AVEC
UN HANDICAP

SYMPTÔME

Vous êtes atteint(e) d'un handicap et vous souhaitez rencontrer dans un roman des personnages qui vous ressemblent. Pour la petite histoire, l'idée même de ce présent livre, celui que vous tenez en ce moment entre vos mains, est née de la demande d'une jeune lectrice handicapée m'écrivant pour me demander des romans mettant en scène de jeunes handicapés. Je lui en ai signalé plusieurs (en jeunesse, tous les thèmes sont plus explicites, plus démonstratifs). Puis, avec le temps, j'ai repensé à sa question, à cette envie de trouver dans les livres des héros qui nous ressemblent. Et ainsi m'est apparue cette vision curative de la littérature. Merci donc à cette jeune fille.

REMÈDES

En toute logique, cela dépend du handicap.

HANDICAP MOTEUR

Une héroïne qui a de l'énergie dans son fauteuil roulant, c'est Mathilde, la « fiancée » de Sébastien Japrisot, dans *Un long dimanche de fiançailles*. Elle est devenue célèbre grâce au film de Jeunet, mais les lecteurs en conviendront, la fille de papier était plus touchante, plus admirable, plus complexe que celle de l'écran. Celle du film est vaguement boiteuse, le réalisateur a dû trouver peu photogénique de la laisser telle que Japrisot l'avait faite, c'est-à-dire paralysée. Or le détail est d'importance. Dès l'enfance, Mathilde est « à part ». Ce n'est pas rien d'être handicapée au tout début du XXe siècle. Et le grand bonheur de la petite Mathilde, c'est son copain Manech, un gamin tendre et protecteur, qui la porte dans ses bras alors qu'il est lui-même encore petit. Avec lui, et avec lui seulement, elle s'abandonne. Lorsque Manech est mobilisé (durant la Première Guerre mondiale), ils sont encore très jeunes, à peine vingt ans, et n'ont pas encore pris la peine de se marier. Après de longs mois de séparation, elle apprend la mort de Manech. Elle attend la fin de la guerre et se lance à sa recherche. Elle veut savoir comment il est mort et pourquoi. Elle découvre qu'il a fait partie d'un petit groupe de cinq soldats condamnés par l'armée française pour s'être automutilés. Et que ces soldats ont été exposés toute une nuit durant devant les lignes allemandes. Sans se démonter, elle remonte toute la filière des responsabilités, recherche tous les témoins, et comprend qu'il y a eu des échanges de corps. Ainsi peut-être Manech est-il toujours vivant... Le fait que Mathilde se déplace en fauteuil est important car elle accomplit des démarches difficiles. Son handicap en est parfois vraiment un (pour la fatigue, la mobilité...) mais peut aussi se transformer en atout (elle attendrit, elle n'intimide pas...). Mathilde est sans aucun doute le plus beau personnage de fiction en fauteuil roulant.

EN DESSOUS DE QUINZE ANS

L'homme qui murmurait à l'oreille des chevaux, de Nicholas Evans, où l'héroïne de treize ans doit être amputée d'une jambe à la suite d'un accident de cheval dans lequel l'animal est lui aussi blessé. Les deux vont peu à peu reprendre confiance dans la vie.

SURDITÉ

Si vous êtes sourd(e), vous connaissez forcément *Le Cri de la mouette* d'Emmanuelle Laborit, je ne reviendrai donc pas dessus. En revanche, vous n'avez peut-être jamais eu entre les mains le roman italien, beaucoup moins connu, de Dacia Maraini, *La Vie silencieuse de Marianna Ucrìa*. L'auteur est une Italienne contemporaine, mais l'histoire se passe en Sicile au XVIIIe siècle. Marianna est une jeune femme, devenue sourde à l'âge de cinq ans à la suite d'un choc, comme on l'apprendra au cours du roman. Sa famille la marie jeune à un oncle, trop heureuse de caser une fille handicapée. La vie de Marianna, entrecoupée de grossesses, serait ordinaire n'eût été ce handicap qui l'oblige à trouver en elle-même une voix intérieure. Elle s'enrichit au contact des livres qui parviennent jusqu'à elle et l'initient à cette nouvelle philosophie, dite des Lumières, née en France. Sa personnalité très fine, très observatrice, se développe. Il y a en elle comme deux personnes, la femme mariée et mère de famille banale de son époque, et celle qui se délecte d'une liberté intellectuelle. On peut remarquer au passage que, lorsque ce roman a été adapté au cinéma, c'est Emmanuelle Laborit elle-même qui a joué le rôle de Marianna Ucrìa !

CÉCITÉ

Un roman connu de Gide met en scène une jeune aveugle : *La Symphonie pastorale*. Gertrude, orpheline et aveugle, est confiée aux bons soins d'un pasteur qui va peu à peu tomber amoureux d'elle. Il lutte contre son désir et se débat entre sa morale, son devoir de tuteur et son inclination. L'infirmité de l'héroïne rend le dilemme plus violent mais elle n'est pas le sujet principal du livre.

Si l'on sait que Beethoven est devenu sourd, qui songe aux écrivains devenus aveugles ? Un écrivain travaille avec ses yeux (il lit beaucoup, il écrit et se relit) et la perte de la vue est pour lui l'équivalent de la surdité pour un musicien. On n'en parle jamais. Pourtant, nombre d'écrivains, Borges, Mahfouz, Jacqueline de

Romilly, sans parler du premier d'entre les conteurs, Homère, sont devenus aveugles. Le sort semble se jouer de l'art, à infliger ainsi ses châtiments aux meilleurs créateurs.

Un long dimanche de fiançailles de Sébastien Japrisot
Folio, 373 pages, 10,20 €.

La Vie silencieuse de Marianna Ucrìa de Dacia Maraini
Robert Laffont, Pavillons poche, 412 pages, 8,90 €.

La Symphonie pastorale d'André Gide
Folio, 160 pages, 5,60 €.

JE SUIS ACCRO [AU JEU, À L'ALCOOL, À LA DROGUE]

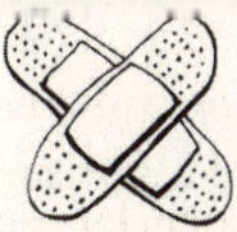

SYMPTÔME

Vous avez commencé pour voir. Vous avez continué en pensant que vous vous arrêteriez quand vous le souhaiteriez et, total, vous voici totalement accro. Quel que soit l'objet de votre addiction, le processus est le même. L'attirance est irrésistible et conduit à la mort, à plus ou moins longue échéance (vous me direz, la vie, même sans dépendance, conduit à la mort à plus ou moins longue échéance, mais ceci est un guide pratique et non un ouvrage de philosophie).

REMÈDES

Pas certain que la littérature offre vraiment de remède si vous êtes profondément englué dans une forme d'addiction. On trouve de nos jours de nombreux témoignages (comment je me suis sortie de la drogue, comment j'ai vaincu mon alcoolisme...), tous plus ou moins écrits avec des moufles, c'est pourquoi il n'est pas de mon propos de les évoquer ici. Or, si l'on ouvre les grands romans sur ces sujets, on a moins d'occasions de se réjouir. Aucun « accro » ne parvient à surmonter son vice. Pourquoi ? Soit l'écrivain est plus lucide sur la nature humaine que le vulgum pecus qui pense trop vite s'être tiré d'affaire. Soit l'écrivain est plus faible que le commun des mortels et ne parvient pas à s'extraire de sa passion. Je ne me prononcerai pas. Les deux réponses sont peut-être vraies. Quoi qu'il en soit, à la lecture de ces livres, vous comprendrez sans dessin que la meilleure façon de se sortir de l'impasse est de ne pas s'y être engagé.

Vous avez peut-être été surpris de voir en tête de chapitre que je plaçais le jeu au rang des péchés mortels. Ce n'est pas un hasard. De mon humble point de vue, le meilleur livre sur l'addiction est un court roman (presque une nouvelle) sur le jeu. Il s'agit de *Vingt-quatre heures de la vie d'une femme*, de Stefan Zweig. Pourquoi le meilleur ? Parce qu'il est très simple et démontre brillamment en quelques pages comment l'on peut sombrer dans la dépendance, sans le vouloir, en cherchant au contraire à se retenir, mais sans jamais pouvoir s'agripper à rien. L'histoire est racontée par une femme âgée qui se souvient d'une soirée au casino. Observatrice, elle jauge le caractère des joueurs à la gestuelle de leurs mains. Attirée par des mains torturées, nerveuses, suppliantes, elle découvre un jeune homme prêt à s'abandonner au désespoir. Inquiète, elle le suit après qu'il a perdu et finit par l'aborder pour l'obliger à se reposer dans une chambre d'hôtel qu'elle lui offre sans arrière-pensée. Il lui raconte son histoire. Simple. Il a commencé à jouer par hasard. A gagné. A été pris par le virus du jeu. Puis a commencé à perdre. Mettant en jeu chaque fois des sommes plus importantes. Ruiné, cette soirée était sa dernière chance. La femme lui promet de payer ses créanciers, en échange de quoi elle lui fait jurer de ne plus jouer. Elle lui donne l'argent pour rentrer chez lui en train et rembourser ses créanciers. Or le soir même, qui voit-elle au casino ? Lorsqu'elle tente de lui rappeler sa promesse, il la repousse avec vulgarité. Peu après, elle apprend son suicide à l'issue d'une nuit de pertes.

L'addiction, c'est exactement cela : ce mélange d'attraction et de répulsion.

Et le fumeur ? Idem. Le processus est génialement décrit par Italo Svevo, non seulement dans *La Conscience de Zeno*, mais aussi dans bien d'autres textes qui ont été réunis dans un recueil intitulé *Dernières cigarettes*. Personne n'a arrêté de fumer aussi souvent que Svevo. Quasiment chaque jour de sa vie, il a pris la décision de fumer sa dernière cigarette, et chaque lendemain, il a repris. Pour finir, il est mort dans un accident de voiture, à soixante-trois ans. Svevo, c'est la version humoristique de la dépendance, peut-être parce qu'à cette époque le tabac n'était pas encore considéré comme aussi nocif et responsable de tous nos maux (trou de la Sécu, pollution, meurtre d'innocents passifs…).

Beaucoup plus sombre, sur la descente dans l'enfer de l'alcool, on trouve *Au-dessous du volcan*, de Malcolm Lowry, où il est question de mescal à presque toutes les pages. Au soir de sa vie, un consul alcoolique, expatrié au Mexique, retrouve la femme qu'il a aimée et qui va tenter de le sauver. Mais l'autodestruction sera la plus forte. Le consul est possédé par le démon du néant qui, toute sa vie, s'est matérialisé sous sa forme éthylique.

Concernant la drogue, je vous conseille *Roman avec cocaïne* de M. Aguéev, un Russe non identifié dont on ne connaît rien de plus que cette initiale, M., accolée à son nom. Ce roman est resté son œuvre unique. Le personnage principal, Vadim, est un jeune homme qui, comme le titre l'indique, va, au fil de l'histoire, se laisser dépasser par la drogue. C'est un livre écrit dans les années trente où tout résonne de façon actuelle. Le processus d'accoutumance peut être compris de manière limpide en deux passages. Dans le premier, Vadim vient de découvrir la cocaïne : « (...) une minuscule pincée de cocaïne exaltait dans mon organisme cette sensation de bonheur instantanément et avec une puissance jamais encore connue jusqu'alors (...) ». Dans le second, à peine quelques pages plus loin, il a compris le piège : « (...) Mais dès que cet effet était dissipé naissait l'horreur : je commençais à me voir tel que j'avais été sous l'effet de la drogue. Et les heures terribles arrivaient. Le corps retombait pesamment dans le désespoir, exaspéré d'un accablement inexprimable (...). » C'est pourquoi, chaque fois, il augmente les doses pour pouvoir continuer à accéder au bonheur et, chaque fois, il retombe encore plus bas. Il reste lucide sur lui-même, mais tout devient plus fort que lui. Jusqu'à ce qu'overdose s'ensuive.

Ainsi, dans les romans, les *addicts* ne s'en sortent pas, mais ils savent remarquablement expliquer les ressorts de leur chute. C'est instructif, utile peut-être si vous avez un ami au fond de l'abîme. Vous comprendrez pourquoi ce qu'il vit est plus fort que tout. Et pourquoi « Il suffirait d'arrêter » est une phrase vaine. Si, en revanche, vous êtes celui qui cherche à s'en sortir, mieux vaut entreprendre une thérapie, c'est plus sûr. Ou vous plonger dans un de ces livres-témoignages (Comment j'ai vaincu, au choix, la drogue, la cigarette, l'alcool...), ils sont plus rassurants.

Vingt-quatre heures de la vie d'une femme de Stefan Zweig
Le Livre de Poche, 158 pages, 4,50 €.

Roman avec cocaïne de M. Aguéev
10/18, 230 pages, 7 €.

Au-dessous du volcan de Malcolm Lowry
Folio, 636 pages, 8,70 €.

Dernières cigarettes d'Italo Svevo
Rivages poche, 176 pages, 8 €.

IL [ELLE] A QUITTÉ CE MONDE

SYMPTÔME

Vous l'aimiez, vous pensiez passer le reste de vos jours en sa compagnie. Le sort en a décidé autrement et l'a soustrait à votre affection, de manière radicale, irrémédiable. Votre chagrin est insondable. Vous avez l'impression que vous ne parviendrez jamais à le surmonter.

REMÈDE

Distrayez-vous un instant de votre tristesse en suivant le parcours d'une jeune veuve chinoise qui va mettre trente ans à faire son travail de deuil. Là, je peux vous entendre penser : trente ans, si c'est pour souffrir autant, mieux vaut ne pas lire. Détrompez-vous, l'histoire que je vous propose est touchante, bouleversante peut-être, mais loin d'être désespérée. C'est un récit authentique, relaté par une journaliste nommée Xinran. Dans les années cinquante, Wen est étudiante en médecine, lorsqu'elle tombe amoureuse d'un garçon de sa promotion, Kéjun. Leur amour est d'autant plus fort qu'il est contrarié par les conflits militaires de l'époque. Enrôlé comme médecin dans l'armée, Kéjun croit de son devoir de soulager les souffrances de ses compatriotes. Entre deux mobilisations, Wen et Kéjun se marient. Ils ont à peine le temps de profiter de leur bonheur que Kéjun est envoyé au Tibet. Et, peu de temps après, Wen reçoit une lettre l'informant que son mari est mort. Sans précision. Aucun détail, aucune affaire personnelle ne lui est renvoyée, il n'y a pas de corps. Elle refuse d'admettre cette mort. Persuadée que Kéjun est vivant, elle s'engage à son tour dans l'armée, comme dermatologue, et part sur ses traces au Tibet. C'est une guerre sans nom qu'elle découvre, la haine des Tibétains envers les Chinois est totale. Leur convoi est attaqué par des Tibétains, les affrontements sont violents, les morts nombreux. Wen parvient à sauver de la torture une Tibétaine qui va devenir son amie. Elle la suit dans les montagnes et adopte le mode de vie d'une famille tibétaine traditionnelle. Elle apprend la simplicité de la vie en communion avec la nature. Wen, qui était jusque-là une jeune Chinoise un peu matérialiste, découvre la spiritualité, l'authenticité, une forme de vie dont elle n'avait pas idée. Elle n'abandonne toujours pas l'espoir de retrouver Kéjun. Les années passant, loin de tout, elle ignore que la guerre entre Chinois et Tibétains est terminée. Après trente ans d'errance, elle découvre ce qui est réellement arrivé à Kéjun, connaît le récit de ses derniers jours, récupère la dernière lettre qu'il lui a écrite, sachant qu'il allait mourir. Wen peut enfin rentrer en Chine. Entre-temps, la révolution culturelle est passée par là, elle ne reconnaît plus rien. Mais, désormais âgée, elle semble ne rien regretter. En partant sur les traces de Kéjun, elle s'est trouvée elle-même. Ce que nous dit l'histoire de Wen, c'est qu'il n'y a aucune recette miracle pour faire son deuil, mais que la vie recèle des voies surprenantes. L'attention aux autres, la sensibilité, l'ouverture d'esprit permettent de guérir peu à peu.

Funérailles célestes de Xinran
Éditions Picquier, 192 pages, 17 €.

JE N'AI PLUS ENVIE DE VIVRE

SYMPTÔMES

Cette vie cruelle ne vaut plus la peine d'être vécue. Vous êtes seul, ou bien la personne qui partage votre vie vous regarde à peine, ou bien elle vous trompe. Vous n'avez jamais de chance. Votre travail ne vous épanouit pas. Vos enfants ne vous causent que des soucis. Bref, vous cumulez un grand nombre des symptômes décrits dans le présent ouvrage. Et donc, vous en concluez qu'il vaudrait mieux en finir. Vous hésitez sur la méthode : médicaments (un peu éculé, pas très courageux), défenestration (très laid), artères tailladées (très sale, et sûrement douloureux), pendaison (assez technique et effrayant), etc.

REMÈDE

Je dis « Halte-là ». Pourquoi mourir ? Parce que tout va mal ? C'est une question de point de vue. Rien ne va jamais tout bien tout mal. Parce que personne ne vous aime ? Discutons-en, justement. Étudions jusqu'au bout la logique du suicide. Le plus souvent, on pense qu'en mourant, on punira nos proches. On leur laissera des regrets, des remords, une grande culpabilité. Là, deux hypothèses.

Première hypothèse : ainsi que vous le clamez, personne ne vous aime et, dans ce cas, votre suicide ne sera en aucun cas la punition que vous espériez. Je vais vous le prouver de ce pas grâce à l'exemple d'un suicidé célèbre. Werther est un garçon épouvantablement égocentrique qui, sous la plume de Goethe (merveilleux poète allemand), étale sur des pages et des pages son incapacité à être heureux, son amour impossible pour Charlotte, fiancée à un de ses amis, ses désillusions, sa déception d'une vie qu'il voulait grande et se révèle petite, comme toutes les vies. Au fil des lettres (c'est un roman épistolaire), les élucubrations enflammées de Werther, ses réflexions sur la nature, la passion, la souffrance, tout cela devient tragiquement lassant… Ce jeune romantique s'exprime avec emphase et, au bout du compte, on est assez soulagé qu'il mette un terme à toutes ces jérémiades en nous débarrassant de sa présence. Aussi, lorsque Werther se suicide enfin, c'est un ouf de soulagement qui nous saisit. Ami lecteur, est-ce cela que vous souhaitez ? Non. Si vraiment vos proches vous font souffrir, ce n'est pas en vous supprimant que vous vous vengerez, mais en les abreuvant sans répit de vos douleurs. Ne leur laissez jamais le champ libre. Si votre conjoint vous trompe, ne vous suicidez surtout pas car il épousera benoîtement, après votre décès, la responsable de votre souffrance. Si votre patron vous harcèle, il sera trop heureux de vous remplacer. C'est pourquoi, bien au contraire, si votre but est de faire souffrir vos proches, il vous faut demeurer parmi eux. Et vous plaindre. Sans relâche.

Deuxième hypothèse : vos envies de mort ne sont pas destinées à punir votre entourage, car vous savez bien qu'il y a des gens qui vous aiment. Raison de plus pour ne pas mourir. Car, dans ce cas, vous ferez vraiment souffrir des proches qui ne l'ont pas mérité.

Ne vous ai-je pas ainsi habilement démontré la non-pertinence de votre suicide ?

SI LES SYMPTÔMES PERSISTENT :

Faites la liste de chacune des souffrances qui vous poussent à envisager le suicide et reportez-vous aux chapitres correspondants. Le temps de tout lire, vous aurez celui de revenir sur votre décision. Bon courage.

Les Souffrances du jeune Werther de Johann Wolfgang von Goethe
Le Livre de Poche, 221 pages, 3,50 €.

J'AI ENVIE DE VIVRE MAIS...

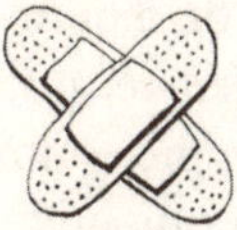

SYMPTÔME

Vous, ce n'est pas que vous aimeriez mourir, au contraire vous préféreriez vivre, mais le sort en a décidé autrement. Votre heure est arrivée. Et vous avez peur. Et vous vous interrogez…

REMÈDES

Déjà, consolez-vous car ce qui est fait n'est plus à faire et, comme l'on ne meurt qu'une fois, au moins cela ne vous arrivera plus. Et puis, ce n'est pas comme si vous alliez mourir et les autres, non. Les autres aussi vont mourir (même moi, bien que j'aie du mal à m'y faire). De fait, que l'on soit doué pour la mort ou non, courageux ou non, on va devoir y passer. Bien entendu, la littérature fait la part belle aux héroïnes souffreteuses, aux héros fracassés, mais la mort n'est pas pour autant le thème central de ces livres qui la mettent en scène. Pour réfléchir à la question du terme de la vie, j'ai deux propositions sérieuses.

D'abord, *La Mort d'Ivan Illitch*, de Léon Tolstoï. Ivan Illitch est un bourgeois russe, jeune encore (quarante-cinq ans), qui a conduit sa vie comme tout bourgeois organisé : son poste de fonctionnaire de la justice, son bel appartement, son épouse de haute naissance, ses enfants bien élevés. Au moment de mourir, le malheureux prend conscience qu'il n'a rien vécu de ce qu'il aurait aimé vivre. Doué, il aurait pu prétendre à une vie originale, une vie plus artistique qui aurait mieux répondu à ses aspirations. Or Ivan Illitch s'est toujours contenté de se conformer à ce que ses supérieurs attendaient de lui. Même sa vie personnelle est un échec. Une fois épousée, sa femme s'est révélée une véritable harpie. Son existence est confortable. Mais est-ce suffisant ?

Lorsqu'il tombe malade, Ivan Illitch commence par le prendre à la légère, mais, très vite, il lui faut se rendre à l'évidence : il va mourir. Il se rebelle. Pourquoi lui ? Pourquoi maintenant ? Peut-être va-t-il guérir, après tout ? Il est terrorisé. Peu à peu, il s'affaiblit au point de ne pouvoir quitter son lit et découvre qu'il n'éprouve de soulagement qu'en présence de son domestique, un homme simple qui ne cherche pas à lui mentir sur son état. Alors qu'il va mourir, sa réflexion touche au plus profond de l'humain : qu'est-ce qui vaut la peine ? de quoi se souvient-on au seuil de la mort ? Son bilan n'est guère réjouissant parce qu'il n'a jamais quitté ses rails, il n'a jamais rien choisi pour lui, mais en fonction d'une image sociale, de ce qu'on attendait de lui. Et pourtant, après s'être révolté contre son sort, l'apaisement lui vient brusquement. Il cesse d'avoir peur, il s'abandonne et meurt en pensant : « Finie la mort, elle n'existe plus. » C'est le texte le plus célèbre sur l'agonie car il contient tout : le déni (non je ne suis pas malade), la peur, la révolte, la conscience de la vacuité de sa vie, la douleur et, enfin, l'abandon. Ivan Illitch meurt en paix. Ce court texte peut aussi être lu avec profit par toute personne insatisfaite de son existence et qui hésite à prendre des risques pour la changer. Si le bilan de votre vie n'est pas plus convaincant que celui d'Ivan Illitch, mais que vous avez la chance de n'être pas au seuil de la mort, alors ce livre vous donnera le courage de bouger. Car c'est sans doute ce qu'aurait fait Ivan Illitch lui-même si le sort lui avait accordé un sursis.

Plus contemporain, *Crépuscule*, de l'Américaine Susan Minot, met en scène une dame d'un certain âge (pas si âgée) qui va mourir d'un cancer. Elle a bien vécu, a eu des maris, des enfants, des joies, des chagrins très vifs (la perte d'un enfant), mais, bizarrement, ce qui lui revient à la mémoire, au seuil de la mort, c'est un amour très ancien, un amour très bref, qui lui est tombé dessus lors d'un week-end, chez des amis. Il était fiancé. Au bout de deux jours, sa fiancée était venue le rejoindre. Ils se sont aimés, se sont séparés. Et elle, malgré toutes les années, n'a cessé de penser à lui. Au moment de disparaître, elle imagine qu'il vient la voir, qu'il vient la chercher. Tout le reste est balayé. Le temps n'existe plus. C'est leur conversation, cette conversation qu'ils auraient eue s'ils s'étaient revus, qu'elle entend dans sa tête et qui va l'accompagner jusqu'à la mort. Beaucoup plus romancée que le récit de Tolstoï, cette histoire insinue que ce qui est le plus important dans une vie a pu paraître insignifiant au regard de tous. Que la vie n'est donc pas seulement une somme de choses visibles (c'est aussi ce que dit Tolstoï). Et que, pour supporter la mort, il faut peut-être s'inventer une histoire, et se la raconter doucement.

La Mort d'Ivan Illitch suivie de *Maître et serviteur*, et de *Trois morts*, de Léon Tolstoï
Le Livre de Poche, 204 pages, 3,50 €.

Crépuscule de Susan Minot
Folio, 349 pages, 8,70 €.

ET ENFIN, TOUCHER LE FOND...

JE N'AIME PAS LIRE

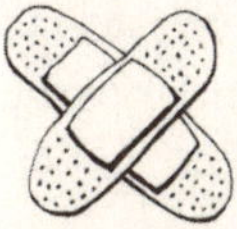

SYMPTÔME

À part quelques mangas, Tintin, Astérix et le premier roman de Marc Levy, vous n'êtes jamais parvenu au bout d'un livre. Pendant des années, vous vous êtes même demandé pourquoi s'ennuyer à tourner des pages alors qu'en appuyant sur un bouton vous pouviez obtenir des distractions plus variées. Aujourd'hui, vous culpabilisez : et si vous aviez manqué quelque chose ? et si vous étiez passé à côté de l'essentiel ?

REMÈDES

Séchez vos larmes, votre cas n'est pas si grave. Et souvenez-vous de *Madame Bovary*. Bien entendu, je ne suis pas en train de vous conseiller de le lire. Car, si vous n'aimez pas lire, ce n'est pas en attaquant de front un monument de la littérature classique que vous allez trouver du plaisir. Souvenez-vous seulement de ce qu'on vous en disait en classe. Vous l'avez forcément étudié, ce roman, ne serait-ce qu'une partie, un extrait, un paragraphe ! Cette petite bourgeoise normande, mariée à son gentil médecin un peu balourd, qui tentait de trouver l'oubli d'elle-même dans la lecture de romans… Elle s'est imaginé, la pauvre, que la vie, ça devait ressembler à ce qu'elle lisait, à un feu d'artifice de sentiments, que chaque jour se devait d'être plus ardent que le précédent. Et, du coup, elle a transformé une petite amourette de bal (Rodolphe) en fantasme absolu, et s'est jetée ensuite dans les bras d'un garçon (Léon) qui n'en est pas revenu d'avoir connu cette tornade. Il est certain que si Mme Bovary ne s'était pas abîmée dans des lectures trop grandes pour elle, elle aurait mieux apprécié le défilé des jours auprès de son gros mari et de sa petite Berthe. Et si elle avait eu de meilleures notions en pharmacie (avec un mari médecin et un ami apothicaire, ce n'était pas si compliqué), elle aurait choisi une mort moins pénible que l'empoisonnement à l'arsenic. Mais, là encore, elle ne connaissait de la mort que ces héroïnes qui se font cueillir pâles et frêles, expirant un « Je vous aime » en même temps que leur dernier souffle. Voilà donc où trop de lecture conduit l'individu impressionnable, et vous êtes donc bien heureux d'avoir fait l'économie d'illusions pernicieuses.

Une jeune fille m'a demandé un jour s'il fallait vraiment lire beaucoup pour devenir écrivain – sous-entendu, cette jeune fille serait bien devenue écrivain et comptait sur moi pour la dispenser du pensum de la lecture : hélas, non. Il n'existe pas d'exemple d'écrivains d'une certaine envergure n'ayant pas été de grands lecteurs. Mais j'aurais en revanche tendance à répondre : pourquoi écrire ? Si l'on n'aime pas lire, il n'y a nulle nécessité de se forcer à prendre la plume. D'ailleurs, écrire rend fou, aussi sûrement que de trop lire. J'en ai la preuve grâce à un roman formidable et farfelu de Mario Vargas Llosa, *La Tante Julia et le Scribouillard*. Le scribouillard écrit des feuilletons pour la radio. C'est un génie des histoires à rebondissements, des personnages forts en gueule, des coups de théâtre. Il écrit vite, sur commande. Les auditeurs l'adorent. Petit à petit, la machine se grippe. À trop turbiner, son cerveau s'est fait des nœuds. Les personnages d'un feuilleton débarquent dans un autre. Les trames se chevauchent, se heurtent, se superposent. À force de vivre dans la fiction, le pauvre garçon a mélangé ses crayons. Sa chute est inéluctable. Ses feuilletons finissent par devenir de la vraie bouillie, à l'image de son imaginaire sans doute. Alors franchement, vous voyez bien que trop de fiction nuit à la santé. Et je propose même à nos nouveaux législateurs, si désireux de nous rendre la vie propre et longue, d'imposer aux éditeurs qu'ils apposent en bandeau sur chaque roman, la formule d'usage : « Rêver tue. »

Et enfin, toucher le fond...

Madame Bovary de Gustave Flaubert
Le Livre de Poche, 564 pages, 4 €.

La Tante Julia et le Scribouillard de Mario Vargas Llosa
Folio, 470 pages, 8,70 €.

LES BONUS

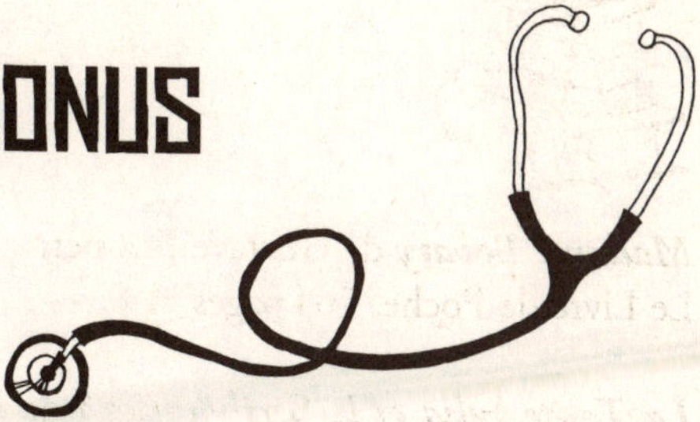

QUATRE LIVRES QUI ONT DÉTERMINÉ MA VIE

Pour vous prouver que ce que je dis est vrai, que la fiction possède un pouvoir d'autosuggestion plus puissant que tous les bons conseils et remèdes suggérés par un entourage qui vous voudrait du bien, voici comment, en quatre ans et en quatre livres, ma vie s'est orientée, déterminée et affermie.

À seize ans, j'avais pas mal lu, mais sans discernement. Certaines personnes développent très jeunes un goût assez sûr pour la littérature, et savent d'emblée rejeter les livres qui n'en valent pas la peine. Ce n'était pas mon cas. J'aimais la fiction parce qu'elle excitait mon imagination, me permettait de rêver et de vivre dans des mondes parallèles. C'est pourquoi, à cet âge, j'avais dévoré indifféremment Agatha Christie, Alexandre Dumas, Émile Zola, Romain Rolland, mais aussi Enid Blyton, Van Vogt (auteur de SF en vogue à l'époque) ainsi qu'un très grand nombre de romans à l'eau de rose qu'une amie me refilait sous le manteau. La littérature stricto sensu me semblait être cet ensemble de livres ennuyeux que mon professeur de français disséquait pour nous préparer au bac.

Plus une histoire était longue, plus il me plaisait de m'y plonger. Je suppose que ma rencontre avec *Les Thibault*, de Roger Martin du Gard, cinq tomes, était inévitable. L'histoire de deux jeunes garçons, Jacques et Daniel, qui fraternisent sur les bancs de l'école au début du XXe siècle, s'éveillent ensemble à la vie intellectuelle, et traversent les horreurs de la Première Guerre mondiale. Ils découvrent le plaisir de manier des idées, récitent à voix haute des répliques des *Nourritures terrestres*. En eux, cette soif de tout savoir, d'embrasser toute la culture. Grâce aux *Thibault*, j'ai repris ma lecture de Gide, que j'avais étudié en seconde avec ennui, et j'ai connu, avec *Les Faux-Monnayeurs*, mon premier coup de foudre littéraire, ma première émotion venant de la lecture d'une écriture parfaite. C'est exactement à ce moment-là qu'est né mon désir de littérature. Il n'a pas été assouvi rapidement car, alors que j'étais en cours de lecture des *Nourritures terrestres*, je suis partie vivre aux États-Unis. Pendant plusieurs mois, je n'ai plus ni parlé ni lu en français. Et le choc des *Thibault* aurait pu rester sans suite.

Au début de l'été 1984, je venais de rentrer des États-Unis, avec pour perspective de commencer en octobre des études de droit. J'allais avoir dix-sept ans. Et je n'avais pas cette chance de posséder, innée, une personnalité très équilibrée. Il est vraisemblable que si je n'avais pas lu, au cours de cet été-là, deux livres, j'aurais abandonné le droit en cours d'année pour tenter mollement des études de lettres, ou de psychologie, ou n'importe quoi d'autre. Or, j'avais besoin d'un cadre. Et j'en ai pris conscience grâce à deux livres qui, à première vue, n'ont rien à faire ensemble. C'est pur hasard si je les ai lus à la suite.

L'un était *Le Diable en tête* de Bernard-Henri Lévy, l'autre *Tant que la terre durera* d'Henri Troyat. D'un côté un roman contemporain à la mode, de l'autre une saga à l'ancienne (neuf tomes). L'un racontait les avatars d'un jeune soixante-huitard, le deuxième les péripéties d'une famille dans la tourmente de la révolution russe. Mais ils avaient en commun un même type de personnage : celui du jeune homme qui, alors qu'il a tout pour réussir, gâche sa vie. Chez BHL, il s'appelait Benjamin, chez Troyat, Volodia. Benjamin et Volodia m'ont montré avec une incroyable clarté ce que je risquais de devenir si je me laissais aller : c'est-à-dire rien. À dix-sept ans, on a tendance à croire que l'on retombera toujours sur ses pattes, que la vie s'occupera d'elle-même sans que l'on ait à intervenir de manière trop énergique. À travers ces deux destins ratés, j'ai réalisé que ce n'était pas si simple. Même le suicide n'était pas une solution aussi aisée que je voulais le croire. Volodia, à l'âge adulte, comprenant qu'il a brûlé son existence, se tire une balle dans la tête. Il perd un œil et son immense beauté. Échec sur toute la ligne. À la rentrée, je me suis mise au travail. Même si ce n'était pas mon idéal, une licence de droit, c'était toujours mieux que rien. Et puis, ça ne m'empêchait pas de lire.

Ainsi le premier livre m'a initiée à la littérature, les deux suivants m'ont donné le courage d'étudier, et le dernier a achevé de mettre ma vie en place.

À vingt ans, je venais d'arriver à Paris pour faire Sciences po, des études abominables que je trouvais pires que le droit. J'écrivais. Des chapitres sans lien les uns avec les autres. Des débuts de romans. Rien de terrible. Naïvement, je caressais l'idée de devenir écrivain. J'envisageais vaguement que, pour ça, il me faudrait dépendre financièrement de mes parents, ou d'un mari, ou que sais-je. C'était flou, mais n'était-ce pas préférable à tous ces cours d'économie, de sociologie, de sciences politiques, d'histoire ? Un soir où tout cela se télescopait particulièrement mal dans ma tête, un ami, que je n'avais pas vu depuis longtemps, m'a offert (par hasard) un livre : *Lettres à un jeune poète*, de Rilke. Et j'y ai trouvé la réponse. Rilke est formel. Le jeune poète doit gagner sa vie et ne pas dépendre de ses parents, ni de quiconque. Car, pour Rilke, un créateur digne de ce nom doit financer son œuvre lui-même, par son travail. Lumineux, non ? J'ai donc poursuivi mes études jusqu'au bout et suis devenue journaliste.

Je suppose qu'aujourd'hui encore, vingt ans après, je suis toujours sous l'influence de ces quatre livres. Bien sûr, n'importe qui aurait pu me donner ces mêmes conseils en quelques phrases : lis de bons livres, fais de bonnes études pour avoir un métier, tu écriras ensuite. Mais de quelle efficacité ces conseils eussent-ils été ?

D'aucune. J'abreuve chaque jour ma fille de seize ans d'excellents conseils dont elle n'a que faire. Elle se contente de lever les yeux au ciel comme si j'étais une vieille radoteuse (ce que je suis sans doute pour elle). Non, on ne peut apprendre que par soi-même. En faisant sa propre expérience ou en observant celle des autres. Et c'est ce que nous proposent les romans : les expériences des autres.

Vous avez certainement, vous aussi, vos propres romans phares, ceux qui, mieux que d'autres, ont su vous parler au moment où vous en aviez besoin. Peut-être les avez-vous retrouvés au fil de ce livre, peut-être pas. Cent livres, c'est peu, finalement. Alors, je vous propose, si vous le souhaitez, de penser à une situation de votre vie où un livre vous a aidé à surmonter un obstacle et de vous livrer au même exercice que moi. Notez votre Symptôme, et son Remède littéraire. Vous pouvez l'envoyer par mail à lireguerit@albin-michel.fr

Qui sait, un jour sortira peut-être un autre livre, jumeau de celui-ci, entièrement conçu par vous !

INDEX DES LIVRES CITÉS [PAR ORDRE D'APPARITION]

1. *Enfance*, de Gorki
2. *Ellen Foster*, de Kaye Gibbons
3. *Contours du jour qui vient*, de Léonora Miano
4. *La Honte*, d'Annie Ernaux
5. *Vent en rafales*, de Taslima Nasreen
6. *Au dieu inconnu*, de John Steinbeck
7. *Les Enfants terribles*, de Jean Cocteau
8. *La Trilogie des jumeaux*, d'Agota Kristof
9. *Les Faux-Monnayeurs*, d'André Gide
10. *L'Hibiscus pourpre*, de Chimamanda Ngozi Adichie
11. *Bonjour tristesse*, de Françoise Sagan
12. *Lolita*, d'Ivan Nabokov
13. *Enfance*, de Nathalie Sarraute
14. *Sa Majesté des mouches*, de William Golding
15. *Dalva*, de Jim Harrison
16. *La Storia*, d'Elsa Morante
17. *Beloved*, de Toni Morrison
18. *Confessions d'un gang de filles*, de Joyce Carol Oates

19. *Suzanne la pleureuse*, d'Alona Kimhi
20. *La Promesse de l'aube*, de Romain Gary
21. *Sarn*, de Mary Webb
22. *La Conscience de Zeno*, d'Italo Svevo
23. *Le Palanquin des larmes*, de Chow Ching Lie
24. *L'Idiot*, de Dostoïevski
25. *Des fleurs pour Algernon*, de Daniel Keyes
26. *Le Cercle du karma*, de Kunzang Choden
27. *La Vingt-Cinquième Heure*, de Virgil Gheorghiu
28. *Amour, Prozac et autres curiosités*, de Lucia Etxebarría
29. *Manuel de chasse et de pêche à l'usage des filles*, de Melissa Bank
30. *Demi-teinte*, de Danzy Senna
31. *Le Ventre de l'Atlantique*, de Fatou Diome
32. *Autant en emporte le vent*, de Margaret Mitchell
33. *Persuasion*, *Orgueil et préjugés*, *Mansfield Park*, de Jane Austen
34. *La Guerre et la Paix*, de Léon Tolstoï
35. *Efuru*, de Flora Nwapa
36. *La Cousine Bette*, d'Honoré de Balzac
37. *Métamorphoses d'un mariage*, de Sándor Márai
38. *Corinne*, de Germaine de Staël
39. *Le Moulin sur la Floss,* de George Eliot
40. *Terre des oublis*, de Duong Thu Huong
41. *Le Sacrifice d'Hilma,* de Kerstin Thorvall
42. *La Princesse de Clèves,* de Mme de Lafayette
43. *Le Rouge et le Noir*, de Stendhal
44. *Anna Karénine*, de Léon Tolstoï
45. *Chéri*, de Colette
46. *La Confusion des sentiments*, de Stefan Zweig

47. *La ville dont le prince est un enfant*, de Henry de Montherlant
48. *Orlando*, de Virginia Woolf
49. *La Philosophie dans le boudoir*, de Sade
50. *La mer est là, ouverte*, de Judith Katzir
51. *Extase*, de Susan Minot
52. *Éloge de la marâtre*, de Mario Vargas Llosa
53. *Le Rempart des béguines*, de Françoise Mallet-Joris
54. *Middlemarch*, de George Eliot
55. *La Chatte*, de Colette
56. *Les Hauts de Hurlevent*, d'Emily Brontë
57. *Les Liaisons dangereuses*, de Pierre Choderlos de Laclos
58. *Ombre sultane*, d'Assia Djebar
59. *Compartiment pour dames*, d'Anita Nair
60. *Bartleby*, de Herman Melville
61. *Illusions perdues*, d'Honoré de Balzac
62. *Bel-Ami*, de Guy de Maupassant
63. *L'Imprécateur*, de René-Victor Pilhes
64. *Un million de lumières*, de Clara Sanchez
65. *Stupeur et tremblements*, d'Amélie Nothomb
66. *À rebours*, de Karl-Joris Huysmans
67. *Autobiographie d'Alice Toklas*, de Gertrude Stein
68. *La Maison du sommeil*, de Jonathan Coe
69. *Oblomov*, d'Ivan Gontcharov
70. *La Cloche de détresse*, de Sylvia Plath
71. *Frankie Addams*, de Carson McCullers
72. *L'Auberge des femmes tristes*, de Marcela Serrano
73. *La Cité des dames*, de Christine de Pizan
74. *Confessions d'une grosse patate*, de Susie Morgenstern

75. *Le Pavillon des enfants fous*, de Valérie Valère
76. *La Conjuration des imbéciles*, de John Kennedy Toole
77. *Les Mots pour le dire*, de Marie Cardinal
78. *La Montagne magique*, de Thomas Mann
79. *L'Épopée du buveur d'eau*, de John Irving
80. *Le Hussard sur le toit*, de Jean Giono
81. *Le Protocole compassionnel*, d'Hervé Guibert
82. *Le Cri*, de Chochana Boukobza
83. *Le Bel Antonio*, de Vitaliano Brancati
84. *Au-delà de cette limite votre ticket n'est plus valable*, de Romain Gary
85. *Le soleil se lève aussi*, d'Ernest Hemingway
86. *Lucky*, d'Alice Sebold
87. *Un long dimanche de fiançailles*, de Sébastien Japrisot
88. *La Vie silencieuse de Marianna Ucrìa*, de Dacia Maraini
89. *La Symphonie pastorale*, d'André Gide
90. *Vingt-quatre heures de la vie d'une femme*, de Stefan Zweig
91. *Roman avec cocaïne*, de M. Aguéev
92. *Au-dessous du volcan*, de Malcolm Lowry
93. *Dernières cigarettes*, d'Italo Svevo
94. *Funérailles célestes*, de Xinran
95. *Les Souffrances du jeune Werther*, de Johann Wolfgang von Goethe
96. *La Mort d'Ivan Illitch*, suivie de *Maître et serviteur*, et de *Trois morts*, de Léon Tolstoï

TABLE DES SYMPTÔMES

Du même auteur :

Aux Éditions Albin Michel

Soledad, 2000.
Une traviata, 2001.
Non, ma mère n'est pas un problème, 2002.
La Constante de Hubble, 2003.
Tu n'es pas seul(e) à être seul(e), 2005.
Cet effrayant besoin de famille, 2006.
Le Privilège des rêveurs, 2007.
Dans la tête de Shéhérazade, 2008.
L'Œil du cyclone, 2009.

Aux Éditions Zulma

Les Matriochkas, 1996.
Des profondeurs, 1997.
Salam, 1999.
Ulysse, 2000.

Aux Éditions Bayard

Dieu est avec vous… (sous certaines conditions), 2007.

Composition réalisée par IGS-CP

Achevé d'imprimer en juin 2010 en Espagne par
LITOGRAFIA ROSÉS
Gavá (08850)
Dépôt légal 1re publication : juillet 2010
LIBRAIRIE GÉNÉRALE FRANÇAISE - 31, rue de Fleurus - 75278 Paris Cedex 06

31/3431/9